W0347747

TANJA WENZ

SOPHIA UND DAS ABENTEUER AUF DEM KLOSTERBERG

TANJA WENZ

SOPHIA UND DAS ABENTEUER AUF DEM KLOSTERBERG

Hildegard von Bingen
für junge Leser_Innen

neukirchener verlag

camino.

MIX
Papier aus verantwortungsvollen Quellen
FSC® C014138

Bibliografische Information der Deutschen Nationalbibliothek:
Die Deutsche Nationalbibliothek verzeichnet diese Publikation in der Deutschen Nationalbibliografie; detaillierte bibliografische Daten sind im Internet über http://dnb.d-nb.de abrufbar.

© 2018 Neukirchener Verlagsgesellschaft mbH, Neukirchen-Vluyn
Koproduktion mit camino im Verlag Katholisches Bibelwerk GmbH, Stuttgart
Alle Rechte vorbehalten
Umschlaggestaltung: Graphikbüro Sonnhüter, www.sonnhueter.com,
unter der Verwendung eines Bildes von © Volker Konrad
Lektorat: Dr. Susanne Roll, Neuenkirchen-Vörden
DTP: Magdalene Krumbeck, Wuppertal
Verwendete Schrift: Adobe Garamond Pro, Pinto No_01
Gesamtherstellung: Finidr, s.r.o
Printed in Czech Republic
ISBN 978-3-7615-6524-7 (neukirchener verlag)
ISBN 978-3-7615-6577-3 (Hörbuch)
ISBN 978-3-96157-083-6 (camino)

www.neukirchener-verlage.de
www.caminobuch.de

INHALT

KAPITEL 1

EINE MUTPROBE

Die dichten Wolken ließen für einen kurzen Moment das Licht des Vollmonds durchscheinen. »Vorsicht! Da vorne geht es steil runter!« Mit einer Hand hielt Sophia ihre Freundin Maya am Arm fest.

»Das war knapp!«, ächzte Felix, als er an den Mädchen vorbei den steilen Abhang hinuntersah.

»Meine Güte, ist das gefährlich hier! Sophia, du kennst den Weg am besten, geh du voraus.« Die Freunde waren auf dem Weg zur Klosterruine auf dem Disibodenberg, denn dort oben wollten sie für eine Nacht zelten. Felix hatte das vor einigen Tagen vorgeschlagen. Er meinte, dass dies eine tolle Mutprobe sei. Sophia und Maya waren begeistert gewesen. Mit Feuereifer hatten sie den Zeltausflug geplant. Aber jetzt, im Dunkelen, war ihnen doch etwas mulmig zumute. Der Pfad war steil und sehr schmal. An manchen Stellen musste man nur einen falschen Schritt machen, um einige Meter weiter unten im Abhang zu landen.

»Vielleicht hätten wir doch mit dem Rad fahren sollen«, schnaufte Maya und wischte sich ihre langen schwarzen Haare aus dem Gesicht. Sophia verdrehte die Augen.

»Du meinst auf der Straße, so wie alle Touristen, die keine Zeit haben, um sich dem Kloster in angemessener Weise und in Ruhe zu nähern?« Felix drehte sich um und spottete: »Sophia, manchmal redest du echt geschwollen.«

Maya kicherte leise. So war das immer bei ihnen. Sie waren zwar beste Freunde und sie kannten sich schon seit dem Kindergarten, trotzdem waren sie absolut verschieden im Denken und Verhalten. Sophia schnaubte und ging zügig an ihrer Freundin vorbei. Ihr Rucksack war ziemlich schwer und insgeheim musste sie Maya recht geben. Auf den Rädern hätten sie Zelt, Isomatten, Schlafsäcke und Co viel leichter transportieren können, anstatt alles den ganzen Berg hochzuschleppen. Das hätte sie aber nie vor ihren Freunden zugegeben. Bisher war sie immer über diesen Pfad zum Kloster hinaufgegangen. Sie war überhaupt nicht auf die Idee gekommen, die Straße zu nehmen.

Nach zehn Minuten kamen sie, schwer atmend, bei einer großen und sehr alten Eiche an. Dunkel ragten die ausladenden Äste über die Freunde hinweg. Ächzend zog sich Maya den schweren Rucksack von den Schultern und lehnte ihn an den Stamm des Baumes. Von hier oben hatte man einen schönen Blick auf Odernheim und die Lichter der Straßenlaternen, die in der Nacht heraufleuchteten.

»Odernheim von oben und bei Nacht hat etwas«, meinte Felix.

Maya nickte und fügte hinzu: »Ja, es sieht irgendwie gemütlich aus mit den vielen Lichtern.«

Sophia hüpfte ungeduldig von einem Fuß auf den anderen und Felix sagte: »Los Maya, wir gehen lieber weiter, Sophia macht mich wahnsinnig.«

Sophia grummelte ärgerlich und schulterte ihren Rucksack. Maya kicherte wieder leise. An dieser Stelle öffnete sich der Pfad zu einem breiteren Weg und sie konnten nebeneinander gehen. Als es im Wald neben ihnen knackste und wisperte, griff Maya nach Sophias Hand und flüsterte: »Es ist ja schon ein bisschen unheimlich hier im Dunkelen.« Sophia lächelte leicht. Maya war noch nie die Mutigste von ihnen gewesen.

»Maya, du warst doch schon öfter hier oben«, wunderte sich Felix.

»Ja, aber da schien die Sonne. Außerdem hört sich jetzt alles so anders an, irgendwie fremd.«

Sophia drückte Mayas Hand und sagte aufmunternd: »Wir sind ja bald da.« Tatsächlich kamen sie bald darauf an der verfallenen Klosterpforte an. Jetzt, in der Dunkelheit, konnten die Kinder die Sandsteinmauern aber nur erahnen. Sophia schaute nach rechts und bemerkte: »Es ist wirklich ziemlich dunkel. Nicht mal den alten Mönchsfriedhof kann man sehen, dabei haben wird doch Vollmond.«

Maya erwiderte kurz angebunden: »Den will ich jetzt auch gar nicht sehen, den finde ich nämlich schon bei Tageslicht richtig gespenstisch.« Wie zur Antwort war der klagende Ruf eines Waldkauzes zu hören. Nun bekam auch Sophia eine Gänsehaut und sie sagte hastig: »Kommt, lasst uns weitergehen. Wir stellen das Zelt auf dem Gelände der alten Klosterkirche auf, da ist der Boden schön flach.«

Felix und Maya folgten wortlos ihrer Freundin. Sie würde schon wissen, wo hier oben die beste Stelle zum Zelten war. Kurze Zeit später war das Zelt unter einer stattlichen Rotbuche aufgebaut, und eine Kerzenlaterne verbreitete ihr gemütliches Licht im Innern. Felix sah die Mädchen an und fragte: »Und, was machen wir nun?«

Sophia pustete sich eine ihrer blonden Locken aus dem Gesicht. Sie überlegte schon die ganze Zeit, ob sie ihren Freunden erzählen sollte, was ihre Großmutter ihr vor einiger Zeit über das Kloster berichtet hatte. Ob ihre Freunde sie auslachen würden? Sie gab sich einen Ruck und räusperte sich.

»Also, wenn ihr wollt, gehen wir zu der Frauenklause der heiligen Hildegard von Bingen. Das ist gleich dort drüben.« Sie zeigte mit einem Finger durch den Zelteingang. Felix sah sie erstaunt an und fragte: »Was sollen wir denn da machen?«

Er wusste, dass dort Hildegard von Bingen, zusammen mit anderen Nonnen, in dem separaten Anbau zum Kloster der Mönche gelebt hatte. Doch was sollten sie jetzt in der Frauenklause machen, zumal ja nur noch die Grundmauern von dem Gebäude standen? Auch Maya fragte verwundert: »Sag schon, Sophia, was sollen wir da? Es ist stockdunkel und der Mond lässt sich wegen der Wolken auch nicht blicken. Wir werden nicht viel zu sehen bekommen.«

Aber Sophia ging es auch gar nicht ums Sehen, sondern um etwas ganz anderes. Die Blätter der Rotbuche rauschten in einer Windbö, sodass Sophia lauter reden musste: »Meine Oma hat gesagt, dass manche Menschen ein Kribbeln unter den Füßen spüren, wenn sie auf der alten Mauer der Klause stehen.«

Stille. In dem flackernden Licht der Kerze konnte Sophia mehr erahnen als sehen, dass Felix und Maya Mühe hatten, nicht zu grinsen. Trotzig schaute sie die beiden an und meinte: »Habt ihr etwa noch nie davon gehört?«

Felix konnte sich nun das Lachen nicht mehr verkneifen. Sein brauner Haarschopf wackelte im Takt mit. »Nein, das habe ich noch nie gehört. Und ganz ehrlich? Ich hätte es auch nicht geglaubt. Ein Kribbeln unter den Füßen, also wirklich.« Felix schaute erwartungsvoll zu Maya. Wie sie wohl darüber denken würde? Auch Maya verzog das Gesicht zu einem Grinsen und sagte: »Also, ich habe das auch noch nicht gehört. Komisch, da wohnen wir direkt unterhalb des Disibodenberges und haben noch überhaupt nichts davon mitbekommen. Selbst als wir mit der Schule hier oben waren, wurde das mit keinem Wort erwähnt.«

»Wundert dich das?«, fragte Sophia aufgebracht. »In der Schule geht es nur um Religion und Geschichte, aber nicht um Mystik.« Maya schüttelte den Kopf und erwiderte: »Sophia, manchmal spinnst du echt. Was meinst du denn mit Mystik?«

Sophia erwiderte: »Wir haben doch alle die Lebensdaten von der heiligen Hildegard von Bingen im Unterricht durchgekaut, aber ging es auch nur einmal um ihre Visionen? Um das, was sie in ihren Visionen gesehen hatte?«

Felix rieb sich mit der rechten Hand hinter dem Ohr, wie immer, wenn er intensiv nachdachte. »Hm, also ich weiß nur, dass Hildegard Visionen gehabt hat, aber nicht, um was es darin ging. Sowieso kann ich mir das mit den Visionen nur schwer vorstellen.«

»Aber eigentlich ist das ja auch egal, oder? Die heilige Hildegard hat vor fast 1000 Jahren gelebt. Da kann man ja viel erzählen, was sie gesehen haben soll, aber wissen kann es doch keiner mehr genau«, sagte Maya.

»Also meine Oma hat mir oft von ihr erzählt und sie hat

auch Bücher von Hildegard im Regal stehen. Daher weiß sie einiges«, erklärte Sophia. »Zum Beispiel diese Textstelle aus einem der Bücher. Sie hat sie mir so oft vorgelesen, dass ich sie auswendig weiß: *»Als ich drei Jahre alt war, erblickte ich ein Licht, so hell, dass meine Seele erzitterte ...«*

»Klingt aufregend«, meinte Felix. »Steht das mit der Frauenklause auch darin?«, fragte Maya.

»Dummerchen«, antwortete Felix, bevor Sophia überhaupt den Mund aufmachen konnte. Damals stand ja noch das Kloster und Sophia hat gesagt, dass man sich auf die Reste der Grundmauern stellen soll.« Sophia war sich nicht ganz sicher, aber im Schein der Kerze sah es so aus, als würde Maya rot werden.

»Okay, das war eine nicht so schlaue Frage«, murmelte ihre Freundin. »Meine Oma hat es bei einer Führung erfahren und auch selbst ausprobiert«, sagte Sophia.

»War das eine dieser esoterischen Führungen?«, fragte Felix vorsichtig. »Hast du was dagegen?«, fauchte Sophia ihn an.

»Hört auf!«, rief Maya. »Es ist doch egal, woher Sophias Oma das hat. Wisst ihr was? Wir probieren es einfach selber aus.«

»Genau das wollte ich ja vorschlagen«, brummte Sophia. Ihre Großmutter war wirklich etwas speziell, aber Sophia fand es nervig, wenn ihre Freunde darauf anspielten. Er reichte ihr schon, wenn die Nachbarn ihre Oma manchmal schief ansahen. Dabei wusste ihre Oma wirklich viel über Hildegard von Bingen und es war für Sophia immer spannend gewesen, ihr zuzuhören. Sophia hatte sogar schon aus dem dicken Koch- und Backbuch nach Hildegard von

Bingen einen tollen Dinkelkuchen gebacken. Der war wirklich lecker gewesen.

Sie schnappte sich ihre Taschenlampe, öffnete den Reißverschluss des Zeltes und streckte vorsichtig den Kopf raus.

»Hast du Angst, dass der Waldkauz dir den Kopf abbeißt?«, fragte Felix kichernd.

»Sehr witzig!«, antwortete Sophia und sprang aus dem Zelt. Maya, die ihr folgte, leuchtete mit der Taschenlampe die umstehenden Bäume ab. Der Wind hatte aufgefrischt und Sophia rief: »Bring bitte die Jacken mit.«

Felix löschte die Kerze, kam aus dem Zelt und gab jedem Mädchen seine Jacke.

»Meine Güte, das ist wirklich kalt geworden«, murmelte er, als er seine anzog. Aufmerksam schaute er sich im Licht der Taschenlampen um. Maya hatte recht, nachts sah es wirklich anders aus hier oben. Das Mondlicht, das immer mal wieder hervortrat, tauchte die alten Mauern in ein milchiges Licht und die Wolken warfen Schatten davor. Licht und Schatten wechselten sich in rasender Folge ab. Manche Ecken blieben vollständig im Dunklen. Was sich dort wohl alles versteckt hielt? Hastig fragte er: »Wo ist denn nun die Frauenklause?«

Sophia ging langsam los und leuchtete dabei den Weg vor sich mit der Taschenlampe aus. Maya ging hinter ihr und Felix zum Schluss. Es war nur ein kurzes Stück zu den Ruinen der alten Frauenklause. Das Laub vom Vorjahr raschelte bei jedem Schritt. Als der Waldkauz wieder seinen traurigen Ruf durch den Wald schickte, zuckten diesmal alle drei zusammen. Sie rückten enger zusammen und kamen schon bald bei der Frauenklause an.

»Schade, dass nur noch so wenige Reste des Gebäudes stehen, ich kann mir nur schlecht vorstellen, wie das hier früher ausgesehen hat«, flüsterte Maya.

»Wieso flüsterst du?«, fragte Sophia irritiert.

»Ich weiß nicht, es ist so anders, wenn wir in einer Mission hier sind!« Felix lachte leise, aber Sophia verstand sofort, was Maya meinte. Es war wirklich etwas anderes, einfach nur zu zelten oder vor der Frauenklause zu stehen und sich zu fragen, ob sie auch ein Kribbeln unter den Fußsohlen spüren würden. Langsam stieg Sophia in ihren Turnschuhen auf die breite Mauer, die nur noch wenig über den Erdboden herausragte. Felix und Maya taten es ihr gleich. Obwohl es dunkel war, schlossen sie die Augen und fühlten einfach in sich hinein. Bis auf das Rauschen des Windes, war nichts zu hören. Auch der Waldkauz blieb still. So standen sie eine ganze Weile, bis Felix auflachte und sagte: »Also, ich spüre nichts. Gar nichts!«

Mit einem Satz sprang er zurück aufs weiche Gras und auch Maya sagte, dass sie nichts spüren würde. Sophia war enttäuscht, dass die beiden schon aufgaben. Sie hielt die Augen geschlossen, während ihre Freunde sich auf die kleine Bank setzten, die ganz in der Nähe stand. Sophia streckte die Arme nach oben, so als würde sie das schimmernde Mondlicht mit den Händen auffangen wollen. Maya rückte näher an Felix heran, denn Sophia sah im Mondlicht echt gespenstisch aus. Ihre langen blonden Haare wurden vom Wind aufgebauscht und leuchteten im Mondlicht fast weiß auf. Wenn sich Maya ein Gespenst vorstellen müsste, würde es ganz sicher genauso aussehen. Da war überhaupt keine Rasselkette mehr nötig. Maya schüttelte sich leicht.

Felix sah sie forschend an und fragte: »Alles in Ordnung bei dir?«

»Ja, alles gut«, sagte Maya leise. Sie schaute wieder zu Sophia, die noch immer auf der Mauer stand und enttäuscht dachte: ›Nichts, ich spüre auch nichts. Oma hat mich bestimmt nur foppen wollen. Sicher hat sie auch nichts gespürt, als sie hier stand. Das Ganze ist bestimmt nur ein Märchen und ich bin voll darauf hereingefallen. Echt peinlich!‹

Sie ließ die Arme wieder sinken und wollte gerade ins Gras springen, als ein warmes Ziehen an den Füßen sie auf der Mauer hielt. Was war das? Sophia fühlte in sich hinein. Bildete sie sich das nur ein? ›Es ist warm unter meinen Füßen, es kribbelt zwar nicht, aber es ist warm und fühlt sich gut an. Was ist das?‹, fragte sich Sophia aufgeregt. Das Gefühl wurde intensiver. Plötzlich bekam sie Angst und sprang mit einem Satz von der niedrigen Mauer.

»Hey Sophia, hast du den Geist der heiligen Hildegard von Bingen unter deinen Fußsohlen gespürt?«, fragte Felix.

»Sei nicht so sarkastisch. Das nervt«, sagte Maya tadelnd. Felix verdrehte die Augen. Maya war immer schon der Moralapostel gewesen. Sophia wusste nicht, was sie antworten sollte. Sie war sich nicht sicher, wie sie ihr Erlebnis auf der Mauer der Frauenklause deuten sollte. War das Wirklichkeit gewesen oder nur Einbildung? Sie konnte es einfach nicht einordnen.

»Nun sag schon, Sophia, hast du etwas gespürt?«, drängte Felix.

»Ich, ich weiß nicht«, stotterte Sophia.

»Wie, du weißt nicht? Also hast du ein Kribbeln gespürt?«, fragte Maya staunend.

»Nein, es war kein Kribbeln. Meine Füße sind ganz warm geworden und es hat sich irgendwie gut angefühlt.«

Felix lachte künstlich und meinte: »Aber Visionen hast du keine gehabt?«

Sophia merkte, dass sich ihre Freunde nur über sie lustig machen würden, und sagte: »Das war bestimmt nur Einbildung, ist nicht so wichtig.« Dennoch ließ sie der Gedanke nicht los. Er beunruhigte sie. Sie setzte sich zu den beiden auf die Bank und fragte: »Und, was machen wir nun? Gibt es noch andere Vorschläge?«

Maya und Felix überlegten. Sie waren nicht so oft auf dem Disibodenberg gewesen wie ihre Freundin. Aber Maya fiel dann doch noch etwas ein: »Ich würde sehr gerne die Marienkapelle bei Nacht sehen. Die hat mich immer schon fasziniert.«

Felix und Sophia fanden das eine gute Idee und so gingen alle drei zu der kleinen Kapelle, die sich dicht an die Ruine der Abteikirche schmiegte. Auch hier standen nur noch Reste der Mauern. Vor vielen Jahren wurden einige Grabplatten aus schwerem Sandstein, die man im Boden der Abteikirche und im Kreuzgang gefunden hatte, dort aufgestellt. Die Kapelle wurde an zwei Seiten von hohen Mauern eingefasst und daran lehnten die alten Grabplatten. Auf dem Weg dorthin stolperte Maya über einen im dichten Laub liegenden Steinbrocken.

»Au«, stöhnte sie, »es ist nicht nur unheimlich hier oben, sondern auch gefährlich.«

»Alles okay?«, fragte Felix.

»Ja, geht schon.«

In der Marienkapelle angekommen, leuchteten die Grabplatten im Licht der Taschenlampen auf. In Ruhe schauten sich die Freunde alles genau an. »Mir hat immer der Ritter am besten gefallen«, sagte Sophia. »Mir auch, er ist auch noch sehr gut zu erkennen und nicht so ausgewaschen wie die anderen Abbildungen«, erwiderte Felix.

»Kommt, wir haben genug gesehen. Ich bin müde, lasst uns schlafen gehen«, gähnte Maya nach einer Zeit.

»Was, jetzt schon?« Felix war empört, er hatte sich auf eine lange Nacht auf dem Disibodenberg gefreut. Da er aber auch keine andere Idee hatte, lenkte er ein und sagte: »Na gut, dann gehen wir eben ins Zelt.«

Sophia ging wieder voran. Sie fand im spärlichen Licht ihrer Taschenlampe nicht auf Anhieb den richtigen Weg. Zwischen den Eichen und Kastanien war das Tapsen vieler kleiner Waldbewohner zu hören, die die Nacht zum Tag machten und auf Futtersuche waren. Plötzlich war direkt neben ihnen ein lautes Rascheln im Laub zu hören, das auf große Pfoten schließen ließ.

»Was ist das?«, fragte Maya mit belegter Stimme.

»Ich weiß nicht, klingt aber ziemlich groß«, überlegte Felix. Sophia schwenkte mit ihrer Taschenlampe zu dem Geräusch hinüber. Wie aus einem Mund riefen alle drei: »Ein Dachs!«

Das schwarz-weiße Tier interessierte sich nicht für die Kinder, lief schnurstracks weiter und verschwand im Gebüsch. Es war auf Futtersuche und ließ sich nicht ablenken. Sophia staunte: »Ich habe noch nie einen Dachs gesehen. Wie niedlich der aussah und wie süß er beim Laufen mit dem ganzen Körper gewackelt hat.«

Maya fragte jedoch skeptisch: »Sind die nicht gefährlich?«

Felix kicherte: »Für Mäuse schon, aber ich glaube, du bist zu groß für ihn. Du passt nicht in sein Beuteschema.«

Maya zog Felix an seiner Jacke und sagte: »Vielen Dank für deine Belehrung.«

Mittlerweile waren sie am Zelt angekommen und krabbelten nacheinander hinein.

»Was ist mit Zähneputzen?«, fragte Maya in die Runde. Doch für diese Frage erntete sie nur ein widerwilliges Grunzen ihrer Freunde.

»Okay, dann eben nicht!«

Sie quetschte sich zwischen Felix und Sophia und schlief sofort ein. Auch Felix war schon ziemlich müde. An seinen regelmäßigen Atemzügen merkte Sophia, dass auch er schlief. Sie jedoch wälzte sich auf ihrer Isomatte hin und her und fand keinen Schlaf. Der Waldkauz war wieder zu hören und der Wind rauschte in den Baumkronen über ihr. Sie hoffte sehr, dass kein größerer Ast abbrach und auf ihr Zelt fiel. Dann dachte sie an die Frauenklause.

›Ob ich mir die Wärme nur eingebildet habe? War da wirklich etwas unter meinen Füßen zu spüren gewesen? Das kann doch eigentlich gar nicht sein. Felix und Maya haben doch auch nichts gespürt. Bestimmt war das nur Einbildung.‹

Unruhig setzte sie sich auf. Der Gedanke war die ganze Zeit über da gewesen, sie konnte jetzt unmöglich einschlafen.

›Und wenn ich doch etwas gespürt habe? Ich muss es herausfinden! Ich muss noch einmal zur Frauenklause und mich auf die Mauer stellen.‹

Leise zog sie sich ihre Jacke über und krabbelte aus dem

Zelt. ›Meine Güte, muss der Reißverschluss vom Zelt so laut sein?‹ Zum Glück steckte ihre Taschenlampe in der Jacke. Vorsichtig, um ja keinen Lärm auf den vielen Ästen und Zweigen zu machen, die rings um das Zelt auf dem Boden lagen, schlich sie los. Mittlerweile hatten sich die Wolken verzogen und der Mond schien rund und voll auf sie herab. ›Schön, so brauche ich die Taschenlampe gar nicht.‹ Schnell kam sie bei der Ruine der Frauenklause an. Sophia zitterte leicht, wusste aber nicht, ob vor Aufregung oder Kälte. Ohne ihre Freunde neben sich, fühlte sie sich ziemlich einsam. Etwas unschlüssig stand sie vor der Mauer. Sollte sie, oder sollte sie nicht? ›Ach was, ich probiere es einfach aus.‹

Sophia gab sich einen Ruck, stellte sich mitten auf die Mauer und schloss die Augen. Sie hörte den Wind rauschen und das Knacksen unter den Bäumen. Flüchtig dachte sie an den Dachs und wie schön er gewesen war. Es dauerte nicht lange und Sophia spürte wieder ein leichtes Brennen unter ihren Füßen. Ein Kribbeln und Ziehen. Langsam steigerte es sich zu einem kleinen Feuer. Das Gefühl war noch viel stärker als vorhin, als sie mit ihren Freunden zusammen hier gewesen war. ›Was ist das nur?‹, fragte sie sich. Es machte ihr Angst, denn es fühlte sich sehr real an. »Als würde ich auf glühenden Kohlen stehen. Das gibt es doch nicht«, murmelte sie und schaute verblüfft auf ihre Füße. Sie machte einen Schritt zur Seite und stand nun neben der Mauer, innerhalb der Klause. Langsam ebbte das Brennen ab. Am liebsten hätte Sophia ihre Schuhe ausgezogen und nachgesehen, ob ihre Fußsohlen Brandblasen hatten oder sonst irgendwie in Mittleidenschaft gezogen worden waren. Doch noch während sie darüber nachdachte, verschwand das Brennen und

Kribbeln und machte einem anderen Gefühl Platz. Obwohl der Wind nochmals aufgefrischt hatte und die Zweige der Bäume und Sträucher hin und her peitschte, stieg eine tiefe Ruhe in ihr hoch. Sie fühlte sich in diesem Augenblick sicher und geborgen. Der Mond strahlte auf eine halbhohe Mauer, die wohl die Begrenzung der Frauenklause zum Mönchskloster gewesen war. Der Fugenmörtel hatte sich an vielen Stellen im Lauf der Jahrhunderte gelockert. Manche Steine ragten aus dem Mauerverbund heraus. Sophia bemerkte, dass sich der Schnürsenkel ihres Turnschuhes gelöst hatte, und band die Schleife neu. Als sie aufstand, sah sie im Mondlicht einen Stein, der anders als die anderen aussah. Neugierig ging sie zwei Schritte zu der Mauer und wackelte daran.

»Hey, der lässt sich ja aus der Mauer herausziehen.«

Der Stein hinterließ einen kleinen, dunklen Schacht. Sophia holte ihre Taschenlampe heraus und leuchtete hinein.

»Irgendwas liegt da hinten, ob ich wohl drankomme?« Vorsichtig steckte sie ihre Hand und dann ihren ganzen Arm hinein. Mit den Fingerspitzen tastete sie auf dem rauen Stein, bis sie an etwas Kühles stieß. Sophia stellte sich auf die Zehenspitzen und versuchte es herauszuziehen. Sie zog und zerrte daran.

»Das muss doch irgendwie rausgehen. Es hat sich anscheinend verhakt«, ächzte sie angestrengt. Sie gab nicht auf und tatsächlich, nach kurzer Zeit bekam sie es besser zu fassen und zog eine kleine Metallschatulle hervor. »Was kann das sein?«, fragte sie sich aufgeregt. Als sie es schüttelte, klang es so, als wäre ein großer Gegenstand darin. Vergessen war das Brennen unter den Füßen von vorhin. Sophia leuchtete die Schatulle an, aber viel war nicht zu sehen. Sie sah sehr alt aus und war an vielen Stellen verrostet. Sie beschloss, ihren Fund den anderen zu zeigen. Schneller als auf dem Hinweg war sie zurück beim Zelt.

***

KAPITEL 2

DER SELTSAME FUND

Mit einem Ruck riss Sophia den Reißverschluss des Zeltes auf. Felix und Maya fuhren aus dem Schlaf hoch und sahen sie mit weit aufgerissenen Augen an.

»Spinnst du?«, rief Felix. »Wo kommst du denn jetzt her?«

»Meine Güte, Sophia, hast du mich erschreckt«, beschwerte sich auch Maya.

Strahlend und die Ausrufe ihrer Freunde völlig missachtend, krabbelte Sophia ins Zelt hinein und schloss den Reißverschluss hinter sich. Aufgeregt hielt sie den Freunden die Schatulle unter die Nase.

»Ratet mal, was ich eben gefunden habe?«

»Na, du wirst es uns schon verraten«, gähnte Maya müde.

»Wieso warst du ohne uns unterwegs und vor allem: Wo warst du?«, fragte Felix empört.

»Ich war noch mal bei der Frauenklause und habe mich auf die Mauer gestellt.«

»Warum das denn?«, fragte Felix fassungslos.

»Na ja, ich habe vorhin doch etwas gespürt und ich wollte sichergehen, dass ich nicht spinne.«

Im Schein der Taschenlampe sah Sophia, dass ihre Freunde sie mit kugelrunden Augen ansahen.

»Und? Hast du wieder etwas gespürt?«, fragte Maya aufgeregt.

»Ja, es war aber nicht nur ein Kribbeln, sondern ein ganzes Feuer hat unter meinen Füßen getobt. Es war schon fast ein wenig unheimlich«, erzählte Sophia.

Sie sah, dass leiser Spott in Felix Augen sichtbar wurde, und sagte etwas lauter: »Das habe ich mir echt nicht eingebildet. Da war wirklich etwas unter meinen Füßen. Ich kann ja nichts dafür, dass du und Maya nichts gespürt habt.«

Maya räusperte sich und erwiderte leise: »Also, Sophia, ich wollte das vorhin nicht sagen, aber ich glaube, meine Fußsohlen wurden auch warm.«

»Ach ihr spinnt doch. Das ist alles bloß Einbildung. So etwas gibt es gar nicht«, murrte Felix.

Maya sah ihn an und drängte: »Komm, du hast doch bestimmt auch etwas gespürt, willst es aber nicht zugeben. Ist doch in Ordnung, es gibt manchmal Dinge, die man nicht mit dem Verstand erklären kann. Denk mal an deinen Onkel! Der sucht doch auch Unterwasserquellen für die Stadtwerke. Mit der Wünschelrute wohlgemerkt.«

Felix war für eine kurze Zeit sehr stumm, dann antwortete er zögerlich: »Also gut, bei mir haben die Füße auch gekribbelt. Zufrieden?«

»Mehr als zufrieden«, sagte Sophia mit einem dicken Grinsen im Gesicht. Also hatte sie nicht gesponnen, das Kribbeln war echt gewesen.

»Kommt, lasst uns das hier öffnen, ich bin gespannt, was darin ist.« Sie hielt die Schatulle hoch.

»Hört ihr das?«, flüsterte Maya. »Der Wind weht nicht mehr so stark, die Bäume haben mit dem Wispern aufgehört, so als würden sie uns zuhören.«

»Maya, du wirst mir gerade unheimlich, lass das«, forderte Felix sie auf. Maya beachtete ihn gar nicht und fragte Sophia neugierig: »Wo hast du das denn überhaupt gefunden?«

»Genau«, meinte nun auch Felix. »Hat dieses Kästchen einfach da rumgelegen, oder was?«

»Nein«, erwiderte Sophia ungeduldig, »es hat in der Mauer der Frauenklause gesteckt.« Erstaunt schauten Felix und Maya sie an, deshalb erklärte sie: »Mein Schnürsenkel war aufgegangen, und beim Zubinden habe ich gesehen, dass ein Stein in der Mauer merkwürdig aussah, einfach anders als die anderen. Deshalb bin ich dahingegangen und habe an dem Stein gezerrt. Er ließ sich ganz leicht rausziehen.«

»Und dahinter lag dann dieses Metallkästchen?«, fragte Maya atemlos. »Das ist ja echt spannend. Und überhaupt, was für ein Zufall, dass du es gefunden hast«, staunte jetzt auch Felix.

»Ja, das finde ich auch«, erwiderte Sophia. »Aber jetzt lasst uns mal schauen, ob auch etwas Spannendes darin ist«, murmelte sie ungeduldig. Sophia zog und zerrte am Deckel der Schatulle, jedoch vergeblich.

»Lass mich mal«, sagte Felix und zog sein Notfallwerkzeug, das er immer auf Wanderungen oder Radtouren dabeihatte, aus der Tasche.

»Ach ja, gute Idee, damit geht es ganz sicher«, meinte Sophia, »aber bitte gib mir das Ding. Ich habe die Schatulle gefunden, ich möchte sie auch aufmachen.«

Sophia sah Felix fest in die Augen und Felix gab ihr sofort das klappbare Werkzeug. Er wusste, diskutieren war hier zwecklos. Geschickt öffnete Sophia das Multifunktionswerkzeug und klappte den Schraubenzieher daran heraus. Sie setzte ihn an die Schatulle und benutzte ihn als Hebel. Maya hielt vor Spannung den Atem an. Das letzte Mal hatte sie einen Schatz bei einem Kindergeburtstag gefunden, und das war gefühlte Lichtjahre her.

»Meine Güte, die Schatulle ist hartnäckig«, grummelte Sophia. »Tja, wer weiß, was darin ist, vielleicht der Schatz vom Silbersee?«, fragte Maya. »Mensch, du hast zu viel Karl May geschaut. Was soll denn da schon drin sein«, antwortete Felix trocken.

Der Schraubenzieher kratzte immer wieder an dem Metall der Schatulle, bis sich irgendwann eine Ritze bildete und Sophia darin einen richtigen Ansatz für eine Hebelwirkung fand. Aufgeregt murmelte sie: »Ich bin mir sicher, dass etwas Wichtiges darin ist. Das spüre ich. Wieso sonst sollte sich jemand die Mühe gemacht haben, sie dort in der Mauer zu verstecken?«

Maya nickte und Felix verdrehte die Augen. Mädchen!

»Komm, halt mal«, forderte Sophia ihre Freundin ungeduldig auf. Mit einem sanften Plopp löste sich der Deckel und sprang auf. Die beiden Mädchen starrten darauf und sagten nichts mehr. Felix drängte sich zwischen die beiden.

»Papier, da ist etwas in gewachstes Papier eingewickelt.«

Er stupste Sophia an.

»Los, sieh nach, was es ist.«

Mit leicht zittrigen Fingern nahm Sophia das kleine Papierpaket heraus. Es war schwer. Was verbarg sich in dem Papier? Es war nicht verklebt und so konnte Sophia das braune Wachspapier ganz einfach abwickeln. Verblüfft schaute Sophia auf das, was zum Vorschein kam.

»Ein Buch?«, fragte Maya.

»Sieht ganz so aus«, murmelte Sophia. »Es ist noch in ein vergilbtes Stofftaschentuch eingewickelt.« Felix war wie immer der Ungeduldige von ihnen: »Mach es mal ab. Das sieht aus wie ein Notizbuch, nicht wie ein Roman oder so. Und ganz alt kann es ja auch nicht sein, es ist ja schon richtig gebunden und aus Papier. Schlag doch mal die erste Seite auf.«

Vorsichtig zog Sophia das Taschentuch ab und klappte den zerfransten Einband auf. Die Seiten waren vergilbt und fühlten sich leicht klebrig an. »Hey, da steht wirklich etwas, in Handschrift, aber lesbar. Ich lese mal vor: *»Dies ist die Abschrift einer Abschrift der wahren Geschichte der Nonne Silvana aus dem Jahr 1182, aufgeschrieben auf dem Rupertsberg bei Bingen.«*

Ungläubig schaute Sophia ihre Freunde an.

»Wie ist das möglich? Wie lange liegt das schon hier oben in der alten Klostermauer versteckt? Wieso hat das nie jemand gefunden?«

Maya fielen aber noch ganz andere Sachen ein.

»1182, wisst ihr überhaupt, was das bedeutet? Silvanas Geschichte ist eine Geschichte aus der Zeit der heiligen Hildegard von Bingen.«

»Das kann doch nicht sein, das glaube ich nicht. Und was heißt überhaupt Abschrift einer Abschrift?«, fragte Felix irritiert.

Maya war bereits einen Gedankengang weiter und nahm Sophia das Buch vorsichtig aus der Hand. Aufgeregt blätterte sie darin herum. Schließlich schaute sie sich nochmal den ersten Eintrag an.

»Hier steht, dass diese Abschrift am 26.06.1964 begonnen wurde, der Text, der abgeschrieben wurde, aber von 1880 stammt und dieser wiederum ist eine Kopie aus dem Jahr 1789.«

Felix schüttelte den Kopf. »Wieso macht das jemand? Und dann auch noch handschriftlich. 1964 gab es doch Schreibmaschinen.«

Sophia überlegte kurz, dann sagte sie: »Vielleicht sollte der Text geheim bleiben und er wurde immer nur heimlich und handschriftlich weitergegeben. Anscheinend wurde er aber immer wieder abgeschrieben, damit er nicht verloren geht.

»Wenn das stimmt, und dieser Text hier eine Abschrift der Geschichte einer Nonne aus dem Kreise der heiligen Hildegard von Bingen ist, besitzen wir wirklich einen Schatz«, meinte Felix.

Sophia sah ihn empört an: »Wir besitzen dieses Buch gar nicht, es ist einfach so zu uns gekommen. Es wollte, dass ich es finde.«

Felix und Maya sahen sie an, als wäre sie nicht ganz bei Trost.

»Du spinnst doch«, meinte Felix.

»Jetzt hört doch auf, das hilft jetzt keinem weiter. Mich interessiert eher, wer das geschrieben hat und wann es hier oben versteckt wurde«, rief Maya. »Wenn es wirklich die Geschichte der Silvana ist, dann wurde sie ursprünglich bestimmt auf Latein geschrieben,« fuhr sie fort. »Manche Nonnen konnten Latein lesen und schreiben«, überlegte Felix.

»Aber worauf, bitte schön?«, fragte Maya. Sie wusste, dass Pergament, also speziell bearbeitete Tierhaut, damals sehr teuer war und Papier gab es noch nicht. Deshalb hatte Hildegard von Bingen ihre Texte zuerst auch in Wachstafeln geritzt. Später wurde die Reinschrift dann auf das wertvolle Pergament übertragen.

»Vielleicht steht etwas dazu in diesem Buch. Warum lesen wir es nicht einfach?«, schlug Felix vor.

»Das ist endlich einmal eine gute Idee von dir«, zog Sophia ihn auf. Dabei lächelte sie ihn so verschmitzt an, dass Felix ihr nicht böse sein konnte.

»Ich dachte, ihr wolltet schlafen?«, fragte Felix.

»Sehr witzig!«, sagte Maya. »Nein, ich bin absolut nicht mehr müde. Statt zu schlafen, möchte ich viel lieber wissen, was in dem Buch steht.«

Die Freunde setzten sich bequem auf ihre Isomatten und schlugen die Beine übereinander.

»Wer fängt an?«, fragte Felix.

»Das ist doch klar. Sophia natürlich!«, antwortete Maya.

Der Schein der Kerzenlaterne reichte gerade dafür aus, dass Sophia die kleine Schrift lesen konnte.

»Zum Glück hatte die Schreiberin oder der Schreiber eine leserliche Handschrift. Sonst hätte ich wirklich Probleme, es zu lesen. Schaut mal, wie klein die Buchstaben sind.«

»Sicherlich, weil der Text so lang ist und man seinen ganzen Inhalt in dieses kleine Büchlein bekommen wollte«, erwiderte Felix.

»Also, dann fange ich mal an«, murmelte Sophia:

So soll nun berichtet werden über Silvana und ihre Erlebnisse im Kreise der Magistra Hildegard von Bingen. Sie selbst schrieb die Visionen auf und verfasste Schriften, die ihr diktiert wurden. Und auch eigene kleine Schriften, gleich einem Tagebuch, verfasste sie. Leider war das Pergament teuer und zusammen mit den Wachstafeln nur für die Magistra bestimmt. So musste Silvana sich mit Abfällen begnügen, die anfielen, wenn die wertvollen Schriften der Magistra Hildegard ins Reine geschrieben worden waren. Auch musste Silvana ihre eigenen Gedanken in aller Heimlichkeit aufschreiben. Denn für eine einfache Novizin, die erst in einiger Zeit ein vollwertiges Mitglied der Nonnengemeinschaft sein würde, ziemte es sich nicht, die eigenen Gedanken und Gefühle niederzuschreiben. Da viele ihrer Aufzeichnungen auf Resten und Fetzen geschrieben standen, ging vieles davon verloren. Eine erste Schrift versuchte alles geordnet zusammenzufassen, ihre Gedanken und ihre Geschichten zu gliedern und wiederzugeben. Und jede neue Abschrift davon sollte fortan dazu dienen, ihr Erbe zu erhalten …

Dies ist ihre Geschichte:

Ach, wie bewunderte Silvana Richardis ihre Mitschwester. Sie durfte jeden Tag bei der Magistra sein und die Arbeit mit ihr teilen. Hildegard ritzte die Texte, die sie von Gott in ihren Visionen erhielt, in Wachstafeln. Richardis und Volmar, der Propst, halfen ihr bei der lateinischen Grammatik. Volmar war der Stellvertreter von Abt Kuno und hatte vielerlei Aufgaben im Kloster. Er stand Hildegard nah und hatte sie schon sehr früh ermutigt, ihre Visionen aufzuschreiben. Manchmal diktierte Hildegard den Text und dieser wurden dann von den beiden in die Wachstafeln geritzt. Später wurde er dann auf Pergament übertragen. Manchmal durch Mönche, aber immer öfter nun auch von Richardis und Volmar. So hatten sie jeden Tag viel zu tun.

»Stopp mal«, sagte Maya plötzlich. »Glaubt ihr wirklich, dass es eine Silvana gab?«

Sophia überlegte, dann sagte sie nachdenklich: »Also du möchtest gerne wissen, ob der Text wirklich schon so alt ist und es tatsächlich um eine Nonne, besser gesagt Novizin, aus der Zeit der heiligen Hildegard von Bingen ging?«

»Wenn das wirklich so ist, wäre das echt verrückt.«

Felix gähnte. »Bis jetzt kam ja noch nichts Spannendes darin vor. Es klingt auch nicht sehr alt. Also ich meine, die Sprache klingt nicht altertümlich oder so.«

Sophia nickte zustimmend. »Vielleicht wurde der Originaltext ja auch immer wieder verändert und gar nicht wirklich komplett übersetzt.«

»Na ja, in bestimmter Hinsicht wäre das ja auch sinnvoll gewesen. Denn damals wie heute, kann kaum ein Mensch Latein lesen und verstehen. Hinzu kommt, dass wir sicher auch manch andere Ausdrücke gar nicht kennen würden.«

»Was raschelst du denn da am Rucksack rum?«, fragte Felix genervt und schaute zu Maya hinüber.

»Ich habe Hunger und hole mir die Kekse. Was dagegen?«

»Nein, ganz im Gegenteil, ich habe auch Hunger.«

Sophia grinste und erklärte: »Die Kekse in der blauen Dose sind übrigens von meiner Oma. Es sind die berühmten Nervenkekse nach einem Rezept von Hildegard von Bingen. Davon darf man aber nur drei bis vier Stück am Tag essen.«

Maya hatte sich schon einen Keks in den Mund geschoben und sagte schmatzend: »Hm, die sind echt lecker. Sie schmecken nach Zimt und Muskat.«

Felix holte sich auch einen Keks aus der Dose und fragte dabei: »Wieso darf man davon nur so wenige am Tag essen?«

»Weil es Gewürzkekse sind, die man in Maßen essen soll, sagt meine Oma. Sie meint, Hildegard hat sie als Heilkekse gepriesen. Gut für die Verdauung und bei Konzentrationsschwächen.«

Felix war irritiert und wollte wissen: »Wieso hast du die überhaupt mitgenommen?«

Sophia räusperte sich und antwortete: »Na ja, ich dachte, wenn wir schon als Mutprobe hier oben auf dem Disibodenberg zelten, dann passen die Nervenkekse gut dazu.«

Maya schmunzelte und meinte: »Ja, das passt wirklich gut.«

»Hört ihr das?«, fragte Felix plötzlich.

»Der Wind ist wieder stärker geworden«, nuschelte Maya, die immer noch an einem Keks kaute. »Wie gut, dass wir hier so kuschelig im Zelt sitzen können.«

»Kommt, wir lesen weiter!« Sophia war ungeduldig und außerdem gab sie innerlich Felix recht. Bis jetzt war der Text wirklich nicht spannend gewesen. Hoffentlich kam da noch mehr, sonst würde sich der Fund als langweilig erweisen. Sophia legte sich auf den Bauch und kuschelte sich in ihren Schlafsack. Durch den auffrischenden Wind war es auch im Zelt kälter geworden. Sophia suchte die Stelle, an der sie vorhin aufgehört hatte, und las weiter:

Wie konnte Silvana eine treue Dienerin Gottes sein, eine Braut Christi, wenn sie Neid und Hader in ihrem Herzen trug? Richardis war der Stachel, der in ihrer Seele saß. Dabei liebte sie Richardis wie eine Schwester. Aber es schlugen zwei Herzen in ihrer Brust, denn Silvana liebte Hildegard noch mehr. Wie eine Mutter liebte sie ihre Magistra und würde gerne mehr Zeit mit ihr verbringen. Vor allem aber würde sie gerne etwas über ihre Visionen erfahren.

Nach der Prim, dem Morgengebet, das vor der ersten Arbeitsstunde der Mönche und Nonnen gebetet wurde, und dem anschließenden Frühstück gingen Hildegard und Richardis in die Schreibstube. Dort wartete schon Volmar auf sie, wie Silvana wusste. Der Stachel schmerzte in ihr. Sie ließ es sich nicht anmerken, doch Magdalene, ihre Freundin, nahm sie leise beiseite und sprach: »Auch deine Zeit wird kommen. Wir haben alle unsere Aufgaben im Leben und auch du wirst die deine bekommen. Sei geduldig und warte ab. Bis dahin sei dem Herrn und unserer Magistra eine treue Dienerin.«

Wie recht sie hatte. Ja, sie würde sich auf ihre Pflichten besinnen. Der Herr würde sie sicher nicht vergessen. Es war im Juni des Jahres 1146, als Silvanas Zeit gekommen war. Richardis wurde von einem heftigen Fieber erfasst und konnte ihrer Schreibarbeit nicht mehr nachkommen. Sie wurde von Hildegard und einer ebenfalls heilkundigen Mitschwester, der alten Clementina, aufs Beste versorgt. Richardis bekam Kräuterwickel auf die Brust gelegt und kalte Wickel um die Beine. Hildegard vernachlässigte sogar ihre Arbeit an ihrem ersten Visionsbuch, ›Liber Scivias Domini‹.

Felix hob den Kopf und fragte: »1146? Dann hatte Hildegard von Bingen ja schon einige Jahre an dem Buch geschrieben, oder?«

Maya musste nicht lange überlegen und antwortete: »Das stimmt, sie hatte doch Bernhard von Clairvaux von ihren Visionen geschrieben und bat darum, diese auch aufschreiben zu dürfen.«

»Soweit ich weiß, hat Hildegard die Genehmigung zur Veröffentlichung aber erst viel später, von Papst Eugen III. bekommen«, überlegte Sophia laut.

»Echt, Frau Winkler, unsere Religionslehrerin, wäre stolz auf uns«, war sich Felix sicher. »Wenn die wüsste, was wir noch alles vom Thema Hildegard von Bingen wissen! Es ist schon merkwürdig, einen Text aus der Zeit der Hildegard zu lesen. Auch wenn es bis jetzt noch nicht so spannend ist, finde ich es toll, in diese Zeit einzutauchen. Wenn ich mir vorstelle, wie gefährlich es für Hildegard gewesen sein muss, gerade Bernhard von Clairvaux einen Brief zu schreiben.«

Die Freunde hatten im Unterricht erfahren, dass Bernhard von Clairvaux zu seiner Zeit einen großen Einfluss auf die Mächtigen der Zeit hatte.

»Wenn er Hildegards Visionen als Lug und Trug angesehen hätte, dann wäre es wohl nichts mit dem Aufschreiben der Visionen geworden. Vielleicht wäre Hildegard sogar der Ketzerei bezichtigt und auf dem Scheiterhaufen verbrannt worden.« Maya schauderte bei diesem Gedanken. Das Mittelalter hatte ganz klar auch seine Schattenseiten. »Lies weiter!«, forderte sie Sophia auf.

***

KAPITEL 3

IN DER SCHREIBSTUBE

Sophia legte sich zurecht und hielt den Strahl ihrer Taschenlampe auf die Seiten des Buches gerichtet. So konnte sie die kleine Schrift besser entziffern …

Cecilia kam morgens nach der Prim zu Silvana und sagte kurz angebunden: »Du sollst gleich sofort zur Magistra kommen. Sie erwartet dich in der Schreibkammer.« Silvana wusste, dass Cecilia sie nicht mochte, denn ihre Mitschwester konnte nicht lesen und schreiben und beäugte Silvana aus den Augen der Missgunst. Richardis hatte es da leichter, denn sie war schön, gebildet und vor allem von einem sehr sanften Wesen. Sie musste man einfach gernhaben. Silvana dagegen war zwar nicht hässlich, aber von eher kräftiger Statur und ihre Haare schauten stets störrisch aus der Haube ihrer Tracht hervor. Außerdem fehlte ihr der Sanftmut, den Richardis im Überfluss hatte.

Silvana senkte demütig den Kopf und ging raschen Schrittes in Richtung der Schreibkammer. Wann war sie wohl zuletzt dort gewesen? Es schien ihr eine Ewigkeit her. Fast verfing sie sich in den Zipfeln ihrer Tracht, auch Habit genannt. Diese war schwarz und zu Silvanas Leidwesen sehr voluminös. Silvana war 15 Jahre alt und trug den weißen Schleier der Novizinnen. In zwei Jahren würde sie ihre Profess ablegen, also ihr Ordensgelübde. Dieses würde sie vor Abt Kuno, der dem Männerkloster und damit auch der Frauenklause auf dem Disibodenberg vorstand, tun. Dann würde sie ein vollwertiges Mitglied der Nonnen in der Frauenklause sein, die zum Benediktinerkloster auf dem Disibodenberg gehörte.

Silvana stolperte den Gang entlang und kam zu der kleinen Schreibkammer. Mit klopfendem Herzen stand sie davor und hob ihre Hand, um gegen die schwere Eichentür zu klopfen. In diesem Moment öffnete sie sich und der Propst Volmar lächelte sie an. Unsicher lächelte Silvana zurück.

»Komm herein. Wir erwarten dich bereits.«

Silvana trat ein und erblickte Hildegard, die mit dem Rücken zu ihr an dem kleinen Fenster stand.

»Richardis ist krank und wird einige Zeit brauchen, bis sie sich wieder erholt hat. Du hast uns schon öfter beim Schreiben unterstützt. Deshalb habe ich dich rufen lassen. Du sollst ab sofort, bis Richardis wieder diese Arbeit versehen kann, ihre Aufgabe übernehmen.«

Hildegards klangvolle Stimme füllte den ganzen Raum. Während ihre Worte an den kahlen Wänden widerhallten, drehte sie sich zu Silvana um.

»Ich weiß, du bist noch jung, aber du bist der lateinischen Sprache sehr gut mächtig.«

»Und trotzdem habt ihr Richardis zu eurer Vertrauten gemacht und lasst sie für euch schreiben«, antwortete Silvana leise.

Volmar schluckte, dabei war durchaus bekannt, dass Silvana ihre eigenen Gedanken hatte und diese auch, trotz ihrer Jugend, vor Obrigkeiten vertrat. Trotzdem befand er, dass Silvanas Worte an dieser Stelle fehl am Platze waren. Er wollte gerade etwas erwidern, da kam ihm Hildegard zuvor:

»Ich weiß, meine Tochter, ich weiß. Doch du bist noch sehr jung und meine Visionen sind sehr stark und von Gott gesandt. Nicht jeder hat die Kraft, sie zu verstehen. Deshalb habe ich Richardis den Vorzug gegeben. Außerdem gibt es hier bei uns viel zu lernen. Du weißt, dass mir der Kräutergarten mit seinen vielen Heilkräutern sehr am Herzen liegt. Und mir ist es wichtig, dass alle Schwestern einige Erfahrungen im Umgang mit den Kräutern sammeln und sich hierin ein großes Wissen aneignen. Deshalb warst du und auch Magdalene bereits einige Zeit zusammen mit Clementina für den Garten, die Herstellung der verschiedenen Salben, Trocknung der Kräuter und die Bereitung der Kräutersude verantwortlich.«

»Ja, ehrwürdige Mutter, das war ich. Es hat mir sehr viel Freude bereitet.« Silvana ahnte, worauf die Magistra hinauswollte. Sicher, sie hatte bei der Arbeit im Garten und bei der Herstellung der verschiedensten Arzneien viel Freude gehabt. Clementina war eine geduldige Lehrerin, die für die Flausen einer jungen Novizin stets ein Lächeln übrighatte. Silvana hatte gelernt, dass Kamille bei Bauchschmerzen und Magenkrämpfen half, der Galgant für eine gute Verdauung sorgte und die Ringelblume für eine schnelle Wundheilung. Doch Silvana dürstete es nach der Schrift, nach dem Rascheln des Pergamentes und dem strengen Geruch der Wachstafeln. Das alles versprach Wissen und Bildung. Was sollte sie im Garten arbeiten, wenn sie die Kräuter auch in einem alten Kräuter-

kundebuch anschauen konnte? Lesen und schreiben, dazu das Lernen, das war es, was Silvana antrieb. Neben ihrer großen Liebe zu Jesus Christus und dem Herrn war das der Grund, warum sie das strenge und beengte Leben in der Frauenklause auf sich genommen hatte. Schon als kleines Kind hatte sie ihren Eltern in den Ohren gelegen, dass sie eines Tages auf dem Disibodenberg leben wollte. Dort, in der Frauenklause, lag für sie das Wissen der Zeit. Da ihre Eltern einem alten Adelsgeschlecht entstammten und sie auch die nötigen finanziellen Mittel hatten, wurde Silvana schon sehr früh der Obhut der Hildegard von Bingen übergeben. Wäre sie ein einfaches Bauernmädchen gewesen, wäre ihr Ansinnen vergebens gewesen, denn Hildegard von Bingen nahm nur adelige Mitschwestern in ihrem Frauenkonvent auf.

»Warte mal«, rief Maya, »ich brauche eine kurze Pause.« Sophia stöhnte auf: »Wenn wir dauernd eine Pause machen, dann werden wir das Buch nie durchlesen können.«

Felix sah Sophia erstaunt an. »Was ist denn mit dir los? Du bist doch sonst nicht so theatralisch. Natürlich werden wir das Buch durchlesen. Auch wenn ich mir wirklich nicht sicher bin, ob der Text echt ist.« Schatten hüpften im Schein der Kerzenlaterne im Zelt hin und her.

»Ich glaub schon«, erwiderte Maya nachdenklich, »da müsste einer ja sonst sehr genau recherchiert haben, um den Sachverhalt so exakt wiedergeben zu können.«

»Ha, das können wir doch ganz einfach überprüfen«, sagte Sophia aufgeregt.

»Wie denn?«, fragte Felix.

Sophia sah ihn spöttisch an. »Schon mal was von Handys

und Internet gehört? Wir googeln einfach und schauen, ob irgendwo im Internet zu der heiligen Hildegard von Bingen auch Namen wie: Silvana, Clementina, Richardis und, und … Wie hieß die Freundin von Silvana noch mal?«

Maya musste nicht lange überlegen und antwortete: »Magdalene!« Felix holte sein Handy aus dem Rucksack und murmelte nur: »Gute Idee, wirklich eine sehr gute Idee.«

Schnell öffnete er den Browser und gab die Namen in Verbindung mit Hildegard von Bingen in die Suchmaschine ein. Es dauerte nicht lange, bis er etwas gefunden hatte.

»Es stimmt. Es gab wirklich eine Richardis und sie hat tatsächlich bei der Niederschrift des Buches geholfen. Auch der Name Clementina taucht auf.«

»Schau doch mal, ob Hildegard wirklich nur adelige Frauen in ihren Konvent aufgenommen hat«, bat Maya.

Felix tippte auf seinem Handy herum und sagte schon nach kurzer Zeit: »Ja, es stimmt. Hier steht, dass sie damals deswegen auch kritisiert wurde. Die Magistra Tenxwind aus Andernach hatte Hildegard geschrieben, dass sie diese Praktik nicht gut findet. Und hier steht auch, was Hildegard ihr geantwortet hat. Wartet mal, ich lese es euch vor: *›… Und welcher Mensch sammelt seine ganze Herde in einem einzigen Stall, nämlich Ochsen, Esel und Schafe, ohne dass sie aneinander geraten …?‹*

Sophia wickelte sich nachdenklich eine Haarsträhne um den Finger: »War es denn normal, dass man damals nur adelige Menschen in die Klöster aufgenommen hatte?«

Felix überflog den Artikel, dann sagte er: »Nein, hier steht, dass das Ideal der Gleichheit, wie sie auch in den Evangelien steht, nicht vergessen wurde. Sogar der Mönch

Benedikt, auf den ja auch das Kloster hier zurückgeht, hatte geschrieben, dass ein Freigeborener keine Vorzüge vor den anderen Menschen haben sollte.«

»Also hat sich Hildegard ungewöhnlich verhalten«, überlegte Sophia. »Sie schien ja in jeder Hinsicht anders zu sein.«

Maya hatte aber noch eine andere Frage: »Was ist denn der Unterschied zwischen einer Magistra und einer Äbtissin?«

Felix las von seinem Handy ab: »Moment, hier steht es: ›Eine Äbtissin steht einem selbstständigen Kloster vor, eine Magistra war für die Ausbildung der ihr anvertrauten Nonnen zuständig, die zusammen mit ihr in einem Doppelkloster lebten. Der Abt des Männerklosters war dann auch für die Nonnen zuständig.‹«

Er blickte auf. »Also ich verstehe das so«, überlegte er weiter, »als Hildegard hier auf dem Disibodenberg lebte, da war der Abt Kuno auch für den Frauenkonvent verantwortlich und Hildegard war somit die Magistra. Als sie aber später dann ein eigenes Kloster gegründet hatte, wurde sie dort Äbtissin. Denn es war ja selbstständig und nicht von einem Männerkloster abhängig.«

»Ah, verstehe«, meinte Maya.

Die drei Freunde sahen sich an. Hatten sie etwa ein bedeutendes Zeitdokument gefunden? Ein Buch, das es so bisher noch nicht gab? Das vielleicht neue Tatsachen und Geschehnisse aus der Zeit der Hildegard von Bingen ans Tageslicht brachte? Maya murmelte leise: »Was, wenn dieses Buch wirklich echt ist? Wenn es über Generationen hinweg von Menschen weitergegeben und immer wieder abgeschrieben wurde?«

Sophia schluckte. Wenn es so war, dann hielten sie tatsächlich einen Schatz in den Händen, und sie hatte ihn gefunden. Doch sie hatte noch immer nicht das Gefühl, dass ihnen das Buch auch gehörte. Es fühlte sich eher wie eine Leihgabe an, die sie auf jeden Fall wieder zurückgeben mussten. Aber an wen? Dann kam ihr plötzlich ein ganz anderer Gedanke und sie fragte in die Runde: »Wieso wurde das Buch hier versteckt? Wieso nicht auf dem Rupertsberg?«

Da musste Felix nicht lange überlegen: »Na ja, du weißt doch selbst, dass es auf dem Rupertsberg nicht mehr viel zu sehen gibt. Das Kloster wurde 1632 von schwedischen Truppen im Dreißigjährigen Krieg fast vollständig zerstört. Später wurden die Reste der Ruine bei Sprengungsarbeiten für die Eisenbahn zerstört. Es gibt dort nur noch einen kleinen Gewölbekeller zu sehen. Mehr ist von dem riesigen Kloster nicht übrig geblieben.«

»Da hat aber einer im Unterricht gut aufgepasst«, sagte Sophia.

Felix überging den leisen Spott und meinte: »Viel mehr gibt es hier aber auch nicht mehr. Ein paar Mauern, Keller und Gewölbe. Manches, so wie das Hospiz, ist erst gebaut worden, nachdem Hildegard schon lange mit ihren Nonnen auf dem Rupertsberg war.«

Im diffusen Licht der Kerzenlaterne konnte Maya sehen, wie Sophia ihre Stirn krauszog. Sie wusste, dass dies ein untrügliches Zeichen dafür war, dass sie scharf nachdachte. Bevor ihre Freundin aber etwas sagen konnte, überlegte Maya laut: »Vielleicht gibt es trotzdem auch dort ein Buch. Vielleicht wurde es vor den Schweden und der Zerstörung gerettet und später wieder dort versteckt. Vielleicht wurde es dann auch vor den Sprengungen am Berg gerettet und schließlich im einzigen Rest, der dort noch vom Kloster übrig ist, versteckt.«

Felix schaute Maya nachdenklich an: »Das sind aber ziemlich viele »vielleichts«. Aber *vielleicht* hast du recht. Wir wissen es nicht und so kann alles möglich sein.«

Sophia dachte noch einen Schritt weiter: »Das Buch war hier versteckt. Das heißt dann aber auch, dass im Laufe der Jahrhunderte viele Menschen von dem Buch wussten und es nicht an die Öffentlichkeit gebracht haben. Sie haben es kopiert, aber nicht veröffentlicht. Wieso nicht und wieso wussten sie überhaupt von dem Buch?«

»Viele Fragen, keine Antworten«, sinnierte Maya. Felix wurde langsam unruhig und drängte: »Lasst uns doch einfach weiterlesen. Ich bin gespannt, was wir noch erfahren werden.«

Draußen vor dem Zelt ließ der Waldkauz erneut seinen traurig klingenden Ruf hören. Maya zuckte zusammen und murmelte: »Der macht mich wahnsinnig. Wieso kann der nicht mal abziehen. Irgendwohin, wo ich ihn nicht hören kann oder besser gesagt muss.«

»Was hast du denn gegen ihn?«, fragte Felix. »Bestimmt ist er auch nur neugierig auf das Buch. Schließlich kann er nicht lesen und braucht deswegen jemanden, der es ihm vorliest.«

»Sehr witzig. Lies lieber weiter.«

Felix schnappte sich das Buch, legte sich auf den Bauch und fing an vorzulesen.

Hildegard sah Silvana mit funkelnden Augen an: »Nun ist Richardis erkrankt und du konntest in der Zwischenzeit vieles andere lernen. So auch, deine Ungeduld zu zügeln und die Ruhe in dir zu entwickeln.« Volmar sah Hildegard erstaunt an und murmelte leise: »Da bin ich mir aber gar nicht so sicher…« Hildegard ignorierte seinen Einwand und sprach weiter: »Du weißt, dass ich an meinem Buch schon seit vielen Jahren arbeite. Die Visionen, die mir das lebendige Licht schickt, sind sehr vielseitig. Es dauert seine Zeit, sie in Worte zu fassen und in die Wachstafeln zu ritzen. Deine Aufgabe wird es sein, diese Tafeln zu lesen und zusammen mit Volmar abzuschreiben.«

Aus der Ecke, in der Volmar stand, kam ein leises Stöhnen. Die Arbeit mit Richardis war schon anstrengend gewesen, da auch sie ihren eigenen Kopf hatte, aber er befürchtete, dass Silvana noch viel widerspenstiger sein würde.

»Vielen Dank, ehrwürdige Mutter«, sagte Silvana mit gesenktem Blick. Hildegard erwiderte: »Du weißt, dass es eine große Aufgabe ist, und auch wenn Richardis wieder ganz gesund wird, wirst du uns weiter unterstützen. Es war zu viel Arbeit für Richardis. Sie ist von schwacher Gesundheit und muss geschont werden.«

Silvana nickte. Hildegard fuhr fort: »Ich habe dich ausgewählt, weil du nicht nur lesen kannst, sondern auch schreiben. Außerdem ist dein Latein sehr gut und du hast kaum grammatikalische Schwächen.« Silvana wusste, dass sie gut lesen und schreiben konnte. Ihr Bildungshunger hatte sie stets zum Lernen und Verbessern angetrieben. Schon als kleines Kind hatte sie im elterlichen Hofbesitz Unterricht in Latein und Musik erhalten. Ihr Lehrer war stets erstaunt gewesen, wie schnell Silvana neue Lerninhalte aufgefasst hatte.

Hildegard fuhr fort: »Von heute an wirst du jeden Tag viel Zeit hier in dieser Schreibkammer verbringen. Ich erwarte von dir, dass du dir Mühe gibst und uns tatkräftig und mit all deinem Wissen, aber auch deiner Liebe zu Gott unterstützt.«

Silvana hob den Blick und sagte mit einem strahlenden Lächeln: »Ihr könnt euch auf mich verlassen!«

Volmar seufzte leise und kam zu Silvana herüber. »Wir werden uns mit dem Schreiben abwechseln. Einmal liest du und korrigierst, ein anderes Mal schreibst du.«

Silvana sah den Propst erstaunt an.

»Es ist wichtig, dass wir uns abwechseln, damit wir Fehler umgehend beseitigen und nichts übersehen«, erklärte er, »es wird eine anstrengende Arbeit, Silvana. Auch ich erwarte von dir gute Arbeit und stets Gehorsam.«

Silvana entging das Misstrauen des Propstes nicht, doch sie war viel zu aufgeregt und dankbar, endlich für längere Zeit in der Schreibstube arbeiten zu dürfen, als dass sie darauf besonders geachtet hätte. Was konnte es Schöneres geben, als jeden Tag mit der Magistra zusammenarbeiten zu dürfen? Sie würde die Visionen direkt lesen und ins Reine übertragen dürfen. Sie war ganz nah an der »Posaune Gottes«, wie Hildegard sich selbst manchmal nannte.

Dass Hildegard Visionen hatte, war im ganzen Kloster mittlerweile bekannt, doch nur wenige wussten, dass der Erzbischof von Mainz sie ermuntert hatte, diese auch aufzuschreiben. Mehr noch, Bernhard von Clairvaux, ein hoch geachteter Mönch und Abt eines Zisterzienserklosters, stand der Magistra wohlwollend gegenüber.

Als Papst Eugen III. Texte aus dem noch nicht fertiggestellten Buch ›Scivias‹ öffentlich vorlas, bat Bernhard den Papst zu verhindern ... ›ein solch strahlendes Licht von Schweigen überdecken zu lassen.‹

Silvana staunte im Geheimen noch immer, dass Hildegard, eine Frau, die Erlaubnis zum Schreiben und auch Bekanntgeben ihrer Visionen bekommen hatte. Ihr war nichts Vergleichbares bekannt. Nur Männer durften sich öffentlich religiös äußern und schreiben. Für Silvana war es ein Wunder, dass ihre Magistra nicht als Ketzerin auf dem Scheiterhaufen gelandet war.

Sie war so sehr in ihren Gedanken vertieft, dass sie zuerst gar nicht bemerkte, dass der Propst ihr einige Wachstafeln in die Hände drücken wollte. Er musste sich erst räuspern, um die volle Aufmerksamkeit von Silvana zu haben.

»Oh, Entschuldigung«, murmelte sie leise und nahm Volmar vorsichtig die wertvollen Tafeln ab.

»Der Tisch dort hinten, neben dem Fenster, das ist fortan deiner. Dort wirst du arbeiten«, wies er sie kurz an. Silvana eilte zu dem schweren Eichentisch und legte die Wachstafeln vorsichtig ab. Ihre Hände zitterten leicht, denn bisher hatte sie noch keine der Visionen von Hildegard gelesen. Sicher, früher hatte sie schon einmal in der Schreibstube ausgeholfen, aber da ging es nur um die übliche Korrespondenz, also um das Briefeschreiben. Nichts Besonderes in Silvanas Augen. Aber nun würde sie lesen, was Hildegard empfangen hatte.

»Du weißt, dass wir die letzten Jahre schon an dem Buch gearbeitet haben? Du fängst also nicht am Beginn an, sondern in der Mitte.« Es war, als könnte Volmar Gedanken lesen. Vielleicht konnte er das ja auch tatsächlich? Silvana hielt in diesem Kloster alles für möglich. Der Disibodenberg hatte sie schon von frühester Kindheit an fasziniert. Nicht nur wegen des Klosters, sondern wegen seiner einmaligen Lage. Wenn

man sich dem Berg näherte, egal, ob zu Fuß oder zu Pferd, sah man ihn schon von Weitem. Er erhob sich aus der leicht hügeligen Landschaft und an seinem Fuße floss der Glan in die Nahe. Das Verschmelzen zweier Flüsse war ein schöner Anblick. Es war für Silvana einfach ein besonderer Ort und für sie wie geschaffen für ein Kloster und ein Leben für und mit Gott. Sie nickte Volmar zu und begann lächelnd und voller Aufregung mit dem Lesen. Später würde sie mit Tinte und einer angespitzten Gänsefeder den Text auf Pergament übertragen. Kunstgewandte Mönche oder auch Nonnen würden dann, in Absprache mit Hildegard, die Illustrationen dazu malen. Diese würden später zusammen mit den Texten zu einem Buch vereinigt werden. Silvana kam aus dem Staunen nicht heraus und dachte: ›Die Visionen sind so bildgewaltig, so voller Farben. Ich sehe sie beim Lesen vor mir, so als hätte ich sie selbst erlebt.‹ Mit leiser Stimme las Silvana einen Abschnitt von der Wachstafel ab: »›Dann sah ich auch, wie aus dem Geheimnis des auf dem Thron Sitzenden ein großer Stern von starkem Glanz und leuchtender Schönheit hervorging und mit ihm eine große Menge hell strahlender Funken, die mit diesem Stern zusammen alle nach dem Süden zogen.‹«

Volmar blickte von seiner Wachstafel auf und sagte: »›Und ich hörte eine Stimme zu mir sprechen, die sagte: Oh, wie schön sind deine Augen, wenn du göttliche Dinge kundtust, während sich dabei die Morgenröte des göttlichen Ratschlusses erhebt!‹«

»Was bedeutet das?«, fragte Silvana neugierig. Noch nie hatte sie so etwas Spannendes gelesen.

»Nun ja, die Botschaft erschließt sich einem nicht sofort. Für mich bedeutet es, dass wirklich das leibhaftige Licht, Gott

selbst, zu der Magistra spricht und sie beauftragt, alles aufzuschreiben, so wie er es ihr mitteilt.«

Vor Aufregung bekam Silvana rote Flecken auf den Wangen. Sie fühlte mehr denn je, dass es eine große Ehre war, an dem Text mitarbeiten zu dürfen. Volmar lächelte in sich hinein. Offenbar hatte Hildegard doch eine gute Wahl getroffen, als sie Silvana in die Schreibstube geholt hatte. Sie war zwar vorlaut, konnte sich aber allem Anschein nach mit ganzem Herzen dieser Sache widmen.

Die Zeit schritt voran und bald schon wehten herrliche Gerüche nach leckerem Essen in die enge Schreibstube herein. Pünktlich zur Mittagszeit läutete die Abteikirche zum Mittagsgebet. Silvana lief schon das Wasser im Munde zusammen. Nie hätte sie gedacht, dass Lesen und Schreiben so anstrengend sein konnten.

Beim ersten Glockenläuten verließ Volmar den Raum und ging zu den anderen Mönchen in die Kirche. Die Nonnen trafen sich im Frauenkonvent und gingen dann gemeinsam zum Gottesdienst. Sie würden abseits der Männer daran teilnehmen. Magdalene war neugierig und fragte Silvana flüsternd aus: »Und, wie war es? Hast du schon viel lesen können? Was sind das für Visionen? Wie beschreibt unsere Magistra sie?«

Silvana musste nicht lange überlegen: »Es ist unglaublich. Du kannst es dir bestimmt nicht vorstellen, aber für mich ist es beim Lesen so, als würde ich Farben sehen. Alles ist so stark und feurig beschrieben. Die Visionen können nur von Gott stammen, kein Mensch kann sich so etwas ausdenken.«

Erst als Clementina leise zischend um Ruhe bat, waren die beiden Mädchen still. Silvana konnte dem Gottesdienst kaum folgen. Versonnen schaute sie vor sich hin. Magdalene hinge-

gen spürte einen Anflug von Eifersucht in sich aufsteigen und konnte deshalb dem Gottesdienst nicht ihre gewohnte Aufmerksamkeit widmen. Silvana würde fortan in der Schreibstube arbeiten, während sie selber sich weiter im Kräutergarten abmühen würde.

Nach dem Gottesdienst gingen die Nonnen wieder zurück in ihren Konvent zum Essen.

»Ich habe einen unglaublichen Hunger«, ächzte Silvana leise.

»Wieso? Du hast doch nur gelesen. Das ist doch gar nicht anstrengend. Ich hingegen musste die Beete von Unkraut säubern und eine ganze Menge der Pfefferminze, der Scharfgarbe und der Kamille ernten und zum Trocknen aufhängen. Du weißt ja, dass Hildegard die Kräuter in der Heilkunde verwendet. Da wird immer wieder Nachschub gebraucht.«

Hildegard hatte ihr ganzes Wissen über Kräuter an Clementina weitergegeben und diese lernte die jungen Novizinnen und auch die Nonnen an. Sie stellten viele Heilmittel her. Sogar Edelsteine wurden von Hildegard in der Medizin verwendet. Silvana mochte den Amethyst am liebsten, denn ihm wurde nachgesagt, dass er den Geist eines Lernenden stärken würde. Auch den Bergkristall mit seinen vielen positiven Eigenschaften schätzte sie sehr. Er half unter anderem bei Kopfschmerzen und förderte die Selbsterkenntnis.

»Du wirst doch noch wissen, was uns Clementina beigebracht hat, oder?« Silvana wusste, dass Magdalene Probleme mit dem Bestimmen und Anwenden der Heilpflanzen hatte.

Ihre Freundin stöhnte: »Ja, weiß ich. Die Kamille ist gut bei Bauchbeschwerden oder oberflächlichen Entzündungen an der Haut und die Scharfgarbe fördert den Gallenfluss.«

Plötzlich hörten sie Clementinas scharfe Stimme neben sich: »Es ist ja erfreulich, dass ihr euer Wissen abgleicht, aber wenn ihr jetzt nicht den Mund haltet, gibt es heute kein Mittagessen für euch.«

Die Mädchen verstummten abrupt. Mit Clementina war nicht zu spaßen, denn sie nahm die Schweigezeit beim Essen sehr ernst. Magdalene spürte plötzlich Silvanas Hand in der ihren, und sie begriff, dass sie noch immer Freundinnen waren, egal, ob sie zusammen im Garten arbeiteten oder nicht. Das beruhigte sie sehr und sie konnte sich wieder auf die Mahlzeit konzentrieren. Das Essen war karg. Es gab Gemüse, gegarten Dinkel und Obst als Nachtisch. Fleisch gab es nur für die Kranken. Dazu wurde gekühltes Quellwasser getrunken. Darin wurden Edelsteine eingelegt, um das Wasser mit positiven Energien aufzuladen.

***

KAPITEL 4

GLOCKENLÄUTEN IN DER NACHT

Krass, das mit den Edelsteinen im Wasser«, murmelte Felix. »Das hatte ich nicht gewusst. Nun, man lernt nicht aus.« Er legte sich bequemer hin.

»Hey, was soll das, mach dich nicht so breit!«, schimpfte Sophia. Sie schob Felix zur Seite, dabei hatte er es sich gerade erst neben ihr gemütlich gemacht. Felix schaute von dem Buch hoch und blickte die Mädchen an. »Hier ist es einfach zu eng für alle, jedenfalls, wenn wir es uns richtig gemütlich machen wollen. Wir müssen halt zusammenrücken. Ist doch kein Problem, mal eine Nacht durchzuhalten, oder?« Er las weiter:

Nach dem Essen und einer kurzen Ruhepause ging es für die Nonnen auch schon wieder an die Arbeit. Sie lebten nach der Regel des heiligen Benedikt, die besagte: ›Ora et labora‹ – bete und arbeite.

Vor der Nachtruhe trafen sich die Nonnen und Mönche in der Abteikirche zum Komplet. Es war das Schlussgebet des Tages. Silvana liebte es, denn danach war Schlafenszeit und sie konnte auf ihrem Nachtlager in Ruhe nachdenken. Silvana dachte immer viel nach, über die Lehre Christi und das in der Bibel Gelesene. Aber heute würde sie über die Visionen der Magistra nachdenken. Darauf freute sie sich sehr. Die Glocken fingen an zu läuten und Silvana war es, als würde der ganze Disibodenberg erbeben. Sie eilte ins Frauenkonvent, um gemeinsam mit den anderen Frauen am Gebet in der Kirche teilzunehmen.

Felix wollte gerade weiterlesen, da setzte sich Maya mit einem Ruck hin. »Hört ihr das?«

Felix hielt den Atem an und lauschte hinaus: »Glockenläuten!«

Sophia kniete sich hin, öffnete das Zelt und kletterte eilig hinaus. Sie stellte sich neben das Zelt, ihr Mund stand leicht offen, damit sie besser hören konnte. Auch Felix und Maya kamen dazu.

»Meine Güte, was ist das? Also ich meine, wo kommt das her?« Mayas Stimme zitterte leicht. Felix griff nach ihrer Hand.

»Hey, das sind nur Glo…«, wollte er sie trösten.

Doch Sophia fiel ihm ins Wort: »Klar sind das Glocken, aber es ist mitten in der Nacht, da wird in keiner Kirche hier in der Nähe geläutet. Außerdem, hört doch mal genau hin!«

Alle lauschten in die Nacht hinaus, dann sagte Maya: »Meine Güte, Sophia, ich weiß, was du meinst, die Glocken klingen irgendwie fremd. Wo um Himmels willen kommt das her?«

Der Klang der Glocken schien mal von nah und mal von fern zu kommen. Es war, als bewegte er sich mit dem Wind.

Die Freunde rückten nah aneinander und Sophia konnte fühlen, dass Maya zitterte. Beruhigend legte Sophia ihr die Hand auf den Rücken. Sophia dachte nach. Hatten sie nicht gerade gelesen, dass Silvana zum Klang der Abteiglocken zur Kirche ging? Hörten sie etwa die Glocken aus der Zeit von Hildegard? Konnte das sein?

»Ich kann es nicht fassen, wir können doch unmöglich die Glocken von Silvana hören.« Felix sprach damit aus, was sie alle drei dachten. So etwas war doch nicht möglich. Maya hielt den Atem an, um besser hören zu können. »Meint ihr, das sind wirklich Glocken, die wir hören?«

Felix schnaubte: »Na, was denkst du denn? Du wirst doch noch das Geräusch von Kirchenglocken kennen.«

Maya schluckte und sagte: »Klar, aber das kann doch nicht sein, es ist einfach unwirklich und absolut unheimlich. Ich will nach Hause.«

Sie wollte nicht länger hier oben im Dunkelen sein und sich gruselige Klänge von längst vergangenen Glocken anhören müssen. Felix hielt sich eine Hand hinter sein Ohr und sagte: »Hört doch, es ist vorbei. Sie läuten nicht mehr.« Tatsächlich waren nur noch der Gesang des Windes und das Rauschen der Blätter in den Baumwipfeln zu hören. Selbst der Waldkauz war verstummt.

Maya wäre es lieber gewesen, wenn sie ihn wieder gehört hätte. Die Stille war nämlich auch beängstigend. Felix versuchte die Situation aufzulockern und fragte: »Muss mal jemand schiffen gehen?«

Sophia stupste ihn an und sagte: »Mann, du mit deinen komischen Ausdrücken.« Die Mädchen verschwanden zusammen hinter dem nächsten Busch.

»Aber nicht gucken!«, wiesen sie Felix an.

»Meine Güte, wir sind doch nicht mehr im Kindergarten«, war seine kurze Antwort. Was dachten sie denn von ihm? Nachdem die drei wieder im Zelt lagen, konnten sie sich nicht mehr vorstellen, dass sie wirklich die Glocken von Silvana gehört haben sollten. Bestimmt war der Wind so stark, dass er das Glockengeläut von einer alten, weiter entfernt stehenden Kirche zu ihnen getragen hatte. Klar, so musste es gewesen sein! Nun las Sophia weiter:

Silvana lag auf ihrer Strohmatte im engen Schlafsaal des Frauenkonventes und fühlte sich himmlisch. Die meisten der anderen Frauen schliefen bereits. Silvana konnte es an den regelmäßigen Atemzügen erkennen. Hier und dort war auch ein leises Schnarchen zu hören. Aus Cecilias Ecke tönte es, wie immer, etwas lauter herüber. Silvana verdrehte die Augen. Normalerweise mochte sie die Enge während der Nacht nicht. Silvana hatte einen leichten Schlaf und wachte sehr schnell auf. Da die Nachtruhe sowieso schon so kurz war, war jede zusätzliche Unterbrechung für sie sehr störend. Aber heute lag sie auf ihrer Schlafmatte, gut zugedeckt mit einer wollenen Decke, und dachte über die Texte nach, die sie heute abgeschrieben hatte. Ob sie wohl nach Richardis Gesundung wirklich weiter in der Schreibstube arbeiten durfte? Sie wünschte sich in diesem Augenblick nichts mehr als das. Vielleicht gab es ja wirklich für sie beide genug Arbeit, so wie die Magistra gesagt hatte. Silvana konnte vor Aufregung fast nicht einschlafen. Morgen würde sie wieder mit Hildegard und Volmar in der Schreibstube arbeiten. Das war einfach wunderbar.

Richardis brauchte länger, um sich von ihrer Krankheit zu erholen, als von Hildegard angenommen. Als sie den ersten Tag wieder in der Schreibstube erschien, war sie ganz blass im Gesicht und ihre Hände wirkten knochig und dünn. Silvana erschrak. Wo waren die Anmut und der Liebreiz von Richardis geblieben? Auch Volmar sah sie mit einem erschreckten Ausdruck in den Augen an. Würde sie die harte und disziplinierte Arbeit in der Schreibstube bewältigen können? Nun war er froh, dass Silvana auch dabei war, denn schnell hatte er gemerkt, dass sie sehr ausdauernd und fleißig war. Zudem war ihr Latein von einer Leichtigkeit und Ausdrucksstärke, die ihn immer wieder erstaunte. Wo Hildegards Latein manchmal etwas holprig und steif wirkte, bügelte sie das behände aus, ohne die Botschaft des Textes zu verändern. Unglaublich, was dieses Kind alles wusste. Denn für ihn war Silvana immer noch ein Kind. Noch nicht einmal vollständiges Mitglied des Frauenkonventes. Sie war Novizin, mehr nicht. Noch konnte sie aus der Ordensgemeinschaft austreten. Doch wenn er Silvana bei ihrer Arbeit sah, wie sie mit geröteten Wangen und hochkonzentriert über den Wachstafeln und ihrem Pergament saß, war er sich sicher, dass sie ihren Weg an der Seite von Hildegard und ihrer Mitschwestern weitergehen würde.

Die Zeit verging. Eines Morgens kam Silvana in die Schreibstube und fand nur Volmar vor. »Wo sind Hildegard und Richardis?«, fragte sie erstaunt. Volmar seufzte laut und sagte leise: »Hildegard liegt schwer krank auf ihrem Lager und Richardis kümmert sich um sie.«

»Was hat sie, ist es schlimm?«

»Ja, ich weiß aber nicht, welchen Namen ihre Krankheit hat. Ich glaube, das weiß sie selber nicht.«

»Wie kann das sein?«, fragte Silvana. Ein kleiner Schmerz grub sich in ihre Magengrube. Richardis hatte sich von ihrer Krankheit vor einem Jahr gut erholt und sie konnte wieder gute Arbeit beim Aufschreiben der Texte von der Magistra leisten. Immer noch war sie der Liebling von Hildegard. Ob die Magistra wusste, dass die anderen Schwestern darunter litten? Immer waren sie nur zweitrangig, vieles drehte sich um Richardis. Es war, als wenn Richardis Hildegards Tochter in Fleisch und Blute wäre. Dabei war sie doch nur eine Mitschwester wie alle anderen auch. Silvana spürte die Nähe der beiden natürlich auch. In der engen Schreibkammer blieb so etwas nicht unbemerkt. Doch Silvana hatte sich damit abgefunden, dass Richardis Wort mehr galt als ihres.

Und nun war Hildegard krank und Richardis war an ihrer Seite. Silvana räusperte sich und fragte: »Darf ich sie besuchen?«

Der Propst überlegte kurz. Ihm war nicht entgangen, dass Silvana sich manchmal übergangen fühlte, und sagte: »Geh nur.«

Silvana bedankte sich und machte sich auf den Weg in die Kammer von Hildegard. Der Frauenkonvent war klein, ursprünglich war er für drei Frauen gedacht gewesen. Jutta von Sponheim war die erste Magistra des Frauenkonventes gewesen. 1112 zog sie zusammen mit Hildegard, die damals vierzehn Jahre alt war, und einem weiteren Mädchen hier ein. Silvana wusste, dass Jutta eine gute Lehrmeisterin gewesen war und zahlreichen Menschen, die Trost und Rat brauchten, geholfen hatte. Denn sie waren zwar Inklusen gewesen, also Eingeschlossene, doch das war im übertragenen Sinne gemeint. Sie hatten Kontakt zur Außenwelt gehabt und außer-

dem ihren kleinen Gemüse- und Kräutergarten bewirtschaftet. Dieser war sogar mit der Zeit immer größer geworden. Silvana wusste aber auch, dass Jutta von Sponheim sich selbst oft gegeißelt und immer wieder gefastet hatte. Sie hatte ihr Leben strenger gelebt, als es die Regel des heiligen Benedikt forderte. Selbst als sie krank war, hatte sie kein Fleisch gegessen. Juttas Körper konnte dem schließlich nicht mehr standhalten und wurde schwach und krank. Jutta starb. Von Clementina hatte Silvana erfahren, dass Jutta von Sponheim, seitdem sie auf dem Disibodenberg gelebt hatte, einen Bußgürtel aus Eisen getragen hatte. Dieser war mit scharfen Haken versehen, die sich mit den Jahren tief in Juttas Körper hineingeschnitten hatten. Clementina und Hildegard hatten damals die Totenwaschung übernommen und bei diesem grauenvollen Anblick geweint. Wie konnte ein Mensch sich selbst so verletzen? Konnte dies Gottes Wille sein? Hildegard wurde nach dem Tode Juttas zur neuen Magistra gewählt und sie hatte die Gebets- und Fastenzeiten verkürzt und die Selbstkasteiung verurteilt. Ihrer Ansicht nach liebte Gott sie auch so, ohne, dass die Menschen unter Schmerzen Buße tun mussten. Silvana war froh, dass Hildegard diese Meinung vertrat. Sie war sich sicher, nur wenn ihr Körper stark war, konnte sie auch mit ihrem Geiste etwas leisten. Wer Hunger litt und nächtelang ohne Bekleidung in der Kälte saß, konnte leicht erkranken und sterben. Ohne Besitz zu leben, wie es die Regel des heiligen Benedikt forderte, hieß ja noch lange nicht, sich selbst zu verletzen. Silvana wollte ihre ganze Kraft in den Dienst Gottes stellen, aber gleichzeitig auch etwas für die Allgemeinheit schaffen. So, wie sie nun zum Beispiel Hildegard, Richardis und Volmar half, die Visionen der Magistra aufzuschreiben. Mit den Jahren war der Frauenkonvent auf eine größere Anzahl von Nonnen angewachsen und jede fühlte: Es wurde langsam eng innerhalb der Klostermauern. ›Die Mönche haben viel mehr Platz als wir, sie müssen nicht so beengt aufeinander leben‹, dachte Silvana, als sie auch schon bei der Kammer von Hildegard ankam.

KAPITEL 5

VISIONEN DER MAGISTRA

Maya drehte sich auf den Rücken und legte ihre Hände unter den Kopf. »Ist das nicht furchtbar? Sich selbst so zu verletzen. Das müssen ja unglaubliche Schmerzen gewesen sein.«

Felix überlegte und sagte dann: »Hat nicht Frau Winkler etwas dazu gesagt?«

»Ja!«, meinte nun auch Sophia. »Hildegard soll streng dagegen gewesen sein. So nach dem Motto: ›Nur ein starker Körper kann auch Starkes leisten‹, oder so ähnlich. Damals habe ich gar nicht verstanden, was sie damit gemeint hatte.«

Felix grunzte: »Wenn ich mir vorstelle, meine Mathe-Hausaufgaben machen zu müssen und dabei immer diese Schmerzen von dem Gürtel zu haben. Schrecklich!«

»Ich stelle mir das so vor, dass ich Zahnschmerzen habe. Jeden Tag. Immer. Und damit leben muss«, meinte Sophia nachdenklich.

Maya fiel noch etwas anderes dazu ein: »Unsere Relilehrerin sagt doch immer, dass wir von Gott unseren Körper bekommen haben und ihn gesund halten sollen. Nun verstehe ich, was sie damit meinte. Alles in Maßen.«

»Maya, du hast recht. So wird sie es gemeint haben«, sagte Felix erstaunt. »Soweit ich mich noch erinnern kann, kamen damals die ersten Orden auf, die für diese Art der radikalen Askese eintraten. Also für das extreme Fasten, Beten und für wenig Schlaf.«

»Jutta von Sponheim war ihrer Zeit voraus, weil sie schon sehr früh unter diesen strengen Bedingungen gelebt hatte«, überlegte Maya. »Das finde ich nicht schön«, fuhr sie fort, »irgendwie bin ich froh, dass es bei Hildegard anders war, dass sie dies anders sah.«

»Du meinst, sonst würdest du das Buch hier nicht so gerne weiterlesen?«, fragte Sophia.

»Genau das meine ich«, sagte Maya, »ich hätte sonst immer ausgemergelte Frauen vor Augen, die wie Schatten herumlaufen und kaum Kraft haben. Das würde mich stören.«

Felix nickte dazu. Auch für ihn wäre es irgendwie nicht so nett zu lesen gewesen. »Wisst ihr eigentlich, wie spät es ist?«, fragte er in die Runde. Felix wartete die Antwort gar nicht erst ab, sondern fuhr fort: »Halb zwei. Es ist mitten in der Nacht und ich bin überhaupt nicht müde.«

»Ich auch nicht«, sagte Sophia ganz erstaunt. Auch Maya fühlte sich fit. Bestimmt lag das an dem Buch. Außerdem hatte sie auch gar keine Angst mehr, hier oben zu sein. Der Wind rauschte zwar immer noch über ihnen, aber ansonsten war es ruhig auf dem Disibodenberg. Bis auf den Waldkauz, der von Zeit zu Zeit seinen schaurigen Ruf ertönen ließ. Maya hätte schwören können, dass er Antwort bekam, denn immer, wenn der Ruf verstummte, erscholl er leise von der anderen Seite des Ufers der Nahe zurück. Ob die sich unterhielten? Und wenn ja, worüber? Dass die Glocken vorhin geläutet und sie Angst gehabt hatte, das hatte Maya schon wieder fast vergessen.

»Ich bin neugierig, wie es weitergeht. Jetzt lese ich weiter«, sagte sie energisch, schnappte sich das Buch und las vor.

Die Magistra hatte als einzige der Nonnen einen kleinen Raum für sich selbst. Leise klopfte Silvana an die massive Holztür.

»Herein!« Die Stimme der Magistra klang schwach. Silvana erschrak. Was, wenn Hildegard diesmal ernstlich erkrankt war? Schließlich quälten sie seit ihrer frühen Kindheit immer wieder Krankheiten aller Art. Silvana trat ein. Ihr Herz klopfte wild vor Angst. Hildegard lag im Bett und Richardis saß auf einem alten Holzschemel neben ihr und reichte ihr dünne Suppe mit einem Holzlöffel. Als sie Silvana erkannte, legte sie Löffel und Teller beiseite und erhob sich von ihrem Schemel. »Bleib, Richardis. Ich habe keine Geheimnisse vor dir.«

Richardis lächelte und setzte sich wieder hin. Silvana ging mit raschem Schritt auf das Bett zu und stellte sich neben Richardis. Was wollte sie eigentlich hier? Sich vergewissern, wie es ihrer Magistra ging? Oder kam sie einfach nur aus Liebe, um zu sehen, wie es ihrer Mutter ging? Denn Silvana fühlte sich als Tochter von Hildegard.

»Was möchtest du, Silvana? Warum bist du nicht bei Volmar und bei deiner Arbeit?«

Richardis wollte für ihre Mitschwester antworten, aber Hildegard stoppte sie und sagte: »Silvana ist alt genug, sie kann für sich selber sprechen.«

Richardis neigte wie zur Antwort ihren Kopf.

»Ich bin gekommen, um zu sehen, was euch fehlt, welche Krankheit euch quält.«

Silvanas Stimme war so leise, dass sie sich fast zwischen den hohen Mauern des Raumes verlor. Hildegard sah Silvana lange an und schien zu überlegen, was sie einer Novizin anvertrauen durfte. Sicher, Silvana hatte treu und gehorsam bei den Texten geholfen und Volmar war voll des Lobes über ihren Fleiß und über ihre fließende Ausdrucksweise in der lateinischen Sprache. Doch bei alledem konnte Hildegard nicht vergessen, dass vor ihr ein halbes Kind stand. Zwar wissbegierig und arbeitsam, aber noch jung an Lebensjahren.

»Nun gut, mein Kind. Auch dir werde ich es sagen. Ohnehin werden es bald alle Nonnen und auch die Mönche erfahren. Allen voran Abt Kuno.«

Richardis schaute Hildegard erstaunt an. Die Magistra wollte tatsächlich einer Novizin erzählen, was es mit ihrer Krankheit auf sich hatte? Unglaublich, aber auch typisch für Hildegard. Sie hielt sich nicht an Althergebrachtes. Sie war immer wieder erstaunlich offen und anders in ihrem Verhalten als andere Menschen, die Richardis kannte. Die Stimme von Hildegard bekam einen kräftigeren Klang, als sie anfing zu erzählen. Silvana erkannte erstaunt, dass Hildegard ihr eine ihrer Visionen vortrug: »Das habe ich deshalb erlitten, weil ich eine Schau, die mir gezeigt worden war, nicht mitgeteilt habe, dass ich mich nämlich von der Stätte, an der ich Gott dargebracht worden war, mit meinen Nonnen zu einer anderen begeben müsse.«

Silvana bekam runde Augen und schaute von Richardis zu Hildegard. Hin und her schwenkte sie aufgeregt ihren Kopf.

»Aber, … aber«, stotterte Silvana. Hatte sie richtig verstan-

den, was Hildegard ihr da gerade mitgeteilt hatte? Das konnte doch nicht sein. Mit hektischen roten Flecken auf den Wangen rief sie: »Eines der drei Gelübde, die ihr gelobt habt, ist doch ›stabilitas loci‹. Ihr habt gelobt, nie mehr das Kloster zu verlassen, in das Ihr eingetreten seid. Auch Richardis und die anderen Nonnen haben es gelobt. Ihr könnt hier nicht wegziehen.«

Richardis sah erschrocken zu Hildegard. Eine Novizin hatte die Magistra nicht an Regeln und Vorschriften zu erinnern. Das bemerkte Silvana jedoch gar nicht. Zu heftig war ihre Verwirrung durch das eben Gehörte. Ihre Gedanken überschlugen sich. Silvana selbst war Novizin und hatte noch kein Versprechen gegeben. Aber was war mit den anderen? Würden sie Hildegard folgen? Durften sie das überhaupt? Silvana hatte von so einem Fall noch nie gehört. Hildegard beruhigte sie mit einem sanften Lächeln: »Keine Sorge, wenn das lebendige Licht mir einen Ort zeigt, an den ich mit meinen Töchtern gehen soll, dann ist es gottgewollt. Wir werden umziehen, ich muss endlich den Mut haben und es Abt Kuno sagen.«

Hildegard bekam neue Energie bei der Aussicht, diese Erkenntnis allen kundzutun. War es nicht ihre Aufgabe, alles zu erzählen und aufzuschreiben, was sie in ihren Visionen empfing? Schließlich handelte sie ja nicht aus eigenem Antrieb, sondern, weil Gott es ihr befohlen hatte. Mit Schwung setzte sich Hildegard im Bett auf, ihre Augen funkelten. Richardis bekam einen Schrecken und rief: »Aber Ihr dürft nicht aufstehen, Ihr seid krank und zu schwach!«

Hildegard schnaubte nur und erwiderte: »Ich werde unverzüglich Volmar aufsuchen und zusammen mit ihm mit Abt Kuno reden. Er muss uns ziehen lassen!«

Silvana fand ihre Sprache wieder und fragte ganz verstört:

»Aber wohin werden wir denn gehen, wo liegt der neue Ort für uns?« Hildegard drehte sich in der Tür zu ihr um und sagte: »Auf dem Rupertsberg bei Bingen. Dort oben, über Rhein und Nahe, werden wir unser Kloster bauen.«

Sagte es und verschwand ohne ein weiteres Wort im dunklen Gang. Silvana schaute ratlos zu Richardis: »Weißt du, wo das ist?«

»Ja, die Nahe fließt bei Bingen in den Rhein. Dort oberhalb gibt es einen Wald. Dorthin werden wir gehen.«

»Aber Richardis, Abt Kuno wird uns niemals gehen lassen, was ist mit den ganzen Ländereien, die alle Nonnen mit ins Kloster gebracht haben? Er wird uns nichts zurückgeben. Wovon sollen wir dann das Geld für einen Klosterbau nehmen? Außerdem wird er seine Prophetin nicht ziehen lassen. Ist sie doch Garant für neue Nonnen, die wieder das Hab und Gut des Klosters vermehren. Auch sein Männerkloster ist doch mit der Bekanntheit unserer Magistra aufgeblüht.«

Silvana sprach so schnell, dass sie sich fast verhaspelte. Die Worte schossen geradezu aus ihrem Mund. Mit mildem Blick sah Richardis sie an. Obwohl sie auch noch nicht alt war, so war Richardis doch um einiges reifer und erfahrener. Sie wusste, dass Hildegard einen Weg finden würde, und sie war sich sicher, dass auch die anderen Nonnen sich ihr anschließen würden.

»Seit Papst Eugen III. Hildegards Visionen öffentlich vorgelesen hat und sie zudem auch aufgefordert hat, alles aufzuschreiben, was sie empfängt, wissen viele Menschen, dass sie eine Prophetin ist. Sie hat viele Unterstützer. Deshalb bin ich mir sicher, dass wir ein Kloster bauen können. Wir werden die nötigen Geldmittel dafür bekommen.«

Silvana beruhigte sich langsam und ein merkwürdiges Gefühl zog in ihrem Magen ein. Es fühlte sich verdächtig nach Vorfreude und Abenteuerlust an. Sie würden ein Kloster bauen, sie würden umziehen und an einem anderen Ort leben. Nah bei Bingen. Silvana wusste, dass dort eine wichtige Nord-Süd-Reiseroute am Rhein entlangführte. Sicher würden viele Menschen zu ihnen kommen und um Rat und Hilfe bitten. Auch die Besucher würden sich mehren. Sicher, hier auf dem Disibodenberg, oberhalb von Odernheim und Staudernheim, waren sie auch nicht am Ende der Welt. Doch am Rhein, am bedeutendsten Fluss des römisch-deutschen Reiches, da würden auch Reisende aus aller Welt am Kloster haltmachen. Das Kloster würde an einer wichtigen Straße liegen und sie würden ständig Neuigkeiten aus dem ganzen römisch-deutschen Großreich erfahren. Das waren doch großartige Aussichten.

Sophia rollte sich auf den Rücken und starrte nachdenklich das Zeltdach an. »Meint ihr, dass Hildegard ihre Visionen wirklich von Gott empfangen hat?«

Alle schwiegen nachdenklich, bis Felix schließlich sagte: »Hm, darüber habe ich auch schon nachgedacht. Wir haben vorhin ja gelesen, dass Frauen damals gar nicht lehren oder religiöse Ansichten öffentlich vertreten durften. Liegt es da nicht nahe, zu behaupten, dass diese Eingebungen von Gott stammen? Ich meine, damit hat sie ihre Visionen ja überhaupt erst aufschreiben dürfen. Das war ja einzigartig damals.« Maya schaute Felix empört an: »Du meinst, sie hat sich das mit den Visionen nur ausgedacht, damit sie ihre Meinungen und Ansichten zur Bibel öffentlich verkünden durfte?« Maya schüttelte ihre langen Haare aus dem Gesicht und sagte resolut: »Das glaube ich nicht. Ich bin mir sicher, dass sie Visionen hatte.«

»Aber, stammen die auch von Gott?«, überlegte Sophia laut. Felix zückte wieder sein Handy und tippte schon eifrig darauf herum.

»Also, ich schau jetzt mal nach, was dazu im Internet zu lesen ist. Vielleicht kommen wir der Sache so näher.«

Felix schien etwas gefunden zu haben, denn bald brummelte er leise vor sich hin.

»Geht das auch etwas lauter, damit wir auch etwas verstehen können?«, nörgelte Sophia genervt.

»Schon gut, schon gut«, beschwichtigte Felix. »Also, hier steht, dass Frauen im Mittelalter sich wirklich nicht öffentlich äußern durften und deshalb manche Frauen den Weg einer Mystikerin beschritten. Also das, was sie lehren wollten, als Gottes Wort verbreiteten. Nur so bestand die Möglichkeit, dass ihre Worte ernst genommen wurden.«

Mittlerweile hatte auch Sophia ihr Handy in der Hand und murmelte: »Hier steht noch, dass manche Ärzte glauben, dass Hildegard auch an Epilepsie, also an einem anfallartigen Krampfleiden, gelitten haben oder auch Pflanzendrogen genommen haben könnte. In dem Zusammenhang wird hier die Alraune erwähnt. Sie ist giftig, in geringen Mengen kann sie aber auch bei Entzündungen eingesetzt werden. Außerdem war sie früher für ihre berauschende Eigenschaft bekannt. Deshalb wurde sie bei Ritualen oder Ähnlichem eingesetzt.«

Maya überlegte eine Weile und sagte dann nachdenklich: »Hm, ich weiß nicht, sind denn die Beschreibungen der Visionen ähnlich zu Symptomen eines Rausches oder sogar die Vorboten eines Krampfanfalls?«

»Ich glaube, das lässt sich nicht mehr klären«, sagte Felix. »Hier ist noch etwas, das Hildegard über ihre Visionen gesagt hat, wartet mal, ich lese es euch vor: ›*Die Gesichte aber, die ich sah, empfing ich nicht im Traum, nicht im Schlaf oder in Geistesverwirrung, nicht durch die leiblichen Augen oder die äußeren menschlichen Ohren, auch nicht an abgelegenen Orten, sondern ich erhielt sie in wachem Zustand, bei klarem Verstand, durch die Augen und Ohren des inneren Menschen, an zugänglichen Orten, wie Gott es wollte.*‹«

Maya fand, dass das sehr klare Worte waren. »Jedenfalls fasziniert diese Frau seit fast 1000 Jahren die Menschheit und ihre Themen sind immer noch aktuell. Also muss ja etwas an ihr dran gewesen sein. Sie war halt einfach besonders. Zu ihrer Zeit sowieso, aber auch zu unserer Zeit noch. Das ist wirklich bemerkenswert«, stellte Maya fest.

Die anderen beiden stimmten ihr nickend zu. Da hatte Maya wirklich recht.

»Ich brauch mal eine Pause. Ich geh kurz raus, an die frische Luft«, gähnte Maya.

»Soll ich mitkommen?«, fragte Sophia.

»Nein, lass mal, ich komm schon klar. Nur mal kurz tief durchatmen, sonst schlaf ich bald ein.«

Felix und Sophia hörten, wie sich das Knacksen ihrer Schuhe auf den losen Ästen langsam entfernte.

»Geh nicht zu weit, hörst du?«, rief ihr Felix hinterher.

Sophia legte sich auf den Rücken und starrte mal wieder das Zeltdach an. »Das ist schon spannend, mit dem Buch, oder?«

Felix drehte sich zu ihr um: »Absolut! Es ist unglaublich, dass du das Buch überhaupt gefunden hast. Was für ein Zufall, dass du dir gerade dort den Schuh zugebunden hast.«

»Ja, und dass das Mondlicht genau in dem Moment die kleine Felsspalte ausgeleuchtet hat. Sonst hätte ich das nie gesehen.«

War es wirklich ein Zufall gewesen? Oder sollte sie das Buch finden? Sophia war sich nicht ganz sicher, was sie dazu denken sollte. Schließlich hatte ihr ihre Oma von der Frauenklause und dem Kraftort erzählt. Sie hatte Sophia wirklich neugierig gemacht.

»Meinst du, deine Oma weiß von dem Buch?«, fragte Felix in ihre Gedanken hinein.

»Sag mal, kannst du neuerdings Gedanken lesen?« Sophia war irritiert, denn genau das hatte sie sich auch gerade gefragt.

»Ne, kann ich leider nicht«, bedauerte Felix.

»Auf jeden Fall werde ich meine Oma ausfragen.« Sophia grinste in sich hinein.

»Sei aber vorsichtig und verrate nicht zu viel. Vielleicht weiß sie ja gar nichts von dem Buch. Wenn ich so darüber nachdenke, ist das auch eher unwahrscheinlich, oder?«, fragte Felix.

»Ich denke auch, aber trotzdem werde ich sie fragen.«

Oh ja, sie würde ihre Oma ausfragen, das war gewiss.

***

KAPITEL 6

VERMISCHUNG DER ZEITEN

Maya wollte nur etwas frische Luft schnappen und sich nicht weit vom Zelt entfernen. Es war sowieso schon ungewöhnlich, dass sie überhaupt alleine rausgegangen war. Aber das würde sie ja wohl noch hinbekommen. Schließlich brauchte sie keinen Aufpasser. Der Wind peitschte immer noch und Maya konnte ihre Freunde nur noch leise aus dem Zelt hören. Dafür war das Rascheln der Blätter über ihr umso lauter. Sie legte den Kopf in den Nacken und schaute hoch. Wie wunderschön das aussah. Die Wolken, dunkel und schwer, fetzten dahin und verdeckten immer wieder den Mond. Maya drehte sich, den Kopf immer noch nach oben gewandt, im Kreis. Sie hatte plötzlich keine Angst mehr. Zu schön war der Anblick.

Plötzlich hörte sie leisen Gesang. Klar, Felix und Sophia wollten sie ärgern. Sie blickte sich um und sah nach dem Zelt. Nichts war zu sehen, kein Zelt und auch ihre Freunde nicht. Wie konnte das sein? Sie war doch gar nicht weit gegangen, hatte sich nur ein paarmal im Kreis gedreht. War sie weiter vom Zelt entfernt, als gedacht? Nun spürte sie doch ein Kribbeln im Bauch vor Nervosität.

»Sophia? Felix? Wo seid ihr?« Maya kam sich blöd vor, hier in der Dunkelheit zu stehen und wie ein kleines Kind nach der Mama zu rufen. Bestimmt lachten ihre Freunde sie schon aus. Sie lauschte in die Nacht hinein, aber nichts war zu hören, außer dem Rascheln der Blätter und den gepeitschten Ästen. Manchmal knarzte auch ein Baum im Wind, aber ein Zelt war immer noch nicht zu sehen und ihre Freunde auch nicht zu hören.

›Meine Güte‹, dachte sie, ›jetzt ist es aber schon unheimlich hier. Wo sind die beiden denn? Bestimmt wollen sie mir einen Streich spielen und haben das Licht ausgemacht und hocken still und leise im Zelt und müssen aufpassen, dass sie nicht kichern.‹ Die Bewölkung hatte zugenommen und es war fast ganz dunkel. Maya konnte nur ein paar Meter weit sehen. Sie lauschte und da hörte sie es wieder: ein Gesang, ein Frauengesang.

›Wo kommt das her? Spielen die beiden das auf ihrem Handy ab? Ja, so muss es sein.‹ Doch Maya kam die Sache komisch vor. Wieso sollten Sophia und Felix das machen? Sie wussten ja, dass Maya immer als Erste Angst hatte, und darauf hatten sie bisher immer Rücksicht genommen. Es passte überhaupt nicht zu ihren Freunden, sie so erschrecken zu wollen.

Sie hörte genauer hin. Der Gesang war wunderschön und er kam Maya seltsam vertraut vor. Vorsichtig setzte Maya einen Fuß vor den anderen und folgte dem wogenden Auf und Ab der Töne des geheimnisvollen Gesanges. Das Kribbeln in Mayas Bauch nahm zu, aber sie beachtete es nicht mehr. Wie gefangen folgte sie den Tönen, die so vertraut aus dem Wald kamen. Sie wollte sehen, wer so wunderschön in der Nacht sang. Zu ihrem Erstaunen näherte sie sich der Marienkapelle. Maya folgte dem unsichtbaren Band, dass sie mit dem Gesang verband. Sie stolperte über heruntergebrochene Steine und über Baumwurzeln, die sich quer über den alten Kreuzgang wanden. Sie hatte die Augen weit aufgerissen und starrte in die Dunkelheit hinein. Sie entfernte sich immer weiter von ihren Freunden und bemerkte es nicht einmal. Plötzlich musste Maya die Augen zukneifen, Fackeln in eisernen Haltern erhellten den Gang, in dem sie unterwegs war. Sie ließ ihre Hände über die Wände gleiten. Die Mauern waren nicht mehr rau und zerbrochen, alles wirkte auf einmal sauber und glatt. Das Kribbeln in ihrem Magen nahm zu, sie wollte umkehren, zurück zu ihren Freunden. Es war unheimlich hier. ›Diesen Gang kenne ich nicht, das kann alles nicht sein. Hier gibt es keine Fackeln und auch keinen intakten Gang. Ich glaube, ich träume. Bestimmt bin ich im Zelt eingeschlafen und träume vor mich hin.‹

Doch es wirkte alles so real. Der Gesang war noch immer zu hören. Er war lauter geworden und Maya konnte einzelne Stimmen heraushören. Sie wusste, es war unsinnig, doch sie setzte leise ihre Füße auf und schlich sich förmlich den Gang entlang. Was würde sie am Ende des Ganges erwarten? Was würde sie sehen? Der Gesang zog an ihr, und ihre Füße trugen sie weiter den Gang hinunter, bis sie an einer massiven Holztür ankam. Dunkel und mit schwerem Türgriff tauchte sie in ihrem Blickfeld auf. Der Gesang war mittlerweile so laut, dass er in den Ohren widerhallte. Mayas Blut geriet in Wallung, und ob sie wollte oder nicht, sie musste wissen, wer dort hinter der Holztür so unglaublich schön sang.

Mit einer Hand griff Maya nach dem Eisengriff und öffnete die Tür langsam einen Spalt weit. Vorsichtig spähte sie hindurch, und zu ihrem Erstaunen sah sie einige Frauen mit langem Haar und goldenen Kronen auf dem Kopf in einem Reigen zusammenstehen. Sie trugen alle einen weißen Schleier, der sich leicht in der Zugluft aufbauschte. Sie bemerkten Maya nicht, sondern sangen einfach weiter. Eine Frau stand mit dem Rücken zu Maya und schien die anderen zu dirigieren. Sie war älter und strahlte eine unglaubliche Ruhe und Kraft aus. Der Gesang war so süß, dass Maya fast Herzschmerzen davon bekam. Sie wollte auch so singen können. Es war einfach unglaublich. Maya stockte der Atem. Wo kamen sie her? Wer waren sie? Als Maya bemerkte, dass alle Frauen auch eine schwarze Kutte trugen, musste sie sich an der Tür festhalten, sonst wäre sie wohl gestürzt. Was war hier los? Die Frauen hörten auf zu singen und die letzten Töne verloren sich in der hohen Decke der kleinen Kapelle. Ein vielfaches Rascheln der Kutten war zu hören, als die Frauen auf Maya zukamen. Mit dem Gesang war auch der Zauber verflogen. Mit einem Aufschrei ließ Maya die Tür los und rannte den Gang zurück. Die Fackeln schienen erloschen zu sein, es war stockdunkel. Weiter und weiter rannte sie, bis ihre Füße plötzlich ins Leere traten. Mit einem Schrei stürzte Maya einen Abgrund hinunter. Sie schlug mit dem Kopf an eine dicke Baumwurzel und für einen Moment schwirrte ihr der Kopf.

»Sag mal, Maya müsste doch schon längst wieder zurück sein, oder?«, fragte Sophia.

»Stimmt! Wo bleibt sie denn so lange? Ich möchte weiterlesen und wissen, wie es weitergeht. Komm, wir gehen mal raus und rufen nach ihr, weit kann sie ja nicht sein«, schlug Felix vor.

»Meine Güte, ist das dunkel. Der Mond lässt sich ja gar nicht mehr blicken. Man kann die Hände vor den Augen nicht mehr sehen. Heftig!«, meinte Sophia.

»Hey, Maya, wo bist du denn? Wir wollen weiterlesen. Komm!«, rief Felix. Doch bis auf das stete Rauschen der Blätter an den Bäumen konnten sie nichts hören.

»Das gibt es doch nicht, wo ist sie denn?«

»Meinst du, sie will uns einen Streich spielen und sitzt irgendwo hinter einem Baum und lacht sich über uns kaputt?«, fragte Sophia.

»Quatsch! Maya doch nicht. Du kennst sie doch! Sie ist froh, wenn sie wieder im Zelt ist. Auf keinen Fall würde sie hier im Dunkelen herumlaufen. Nie im Leben!« Da war sich Felix absolut sicher.

»Dann müssen wir sie suchen«, war die kurze Antwort von Sophia. »Sag mal, hatte sie eigentlich ihre Taschenlampe dabei?«

»Warte mal, ich schau mal nach.« Felix verschwand im Zelt und wühlte in den Sachen herum. »Nein, die liegt noch hier.«

Sophia erstarrte. Das war sehr ungewöhnlich und passte nicht zur ihrer Freundin. Maya war irgendwo hier in den Klosterruinen verschwunden und hatte noch nicht einmal eine Taschenlampe dabei.

»Los«, sagte sie aufgeregt und zog Felix mit sich.

»Sollen wir uns nicht lieber aufteilen?«

»Auf keinen Fall!«, erwiderte Sophia energisch. »Zusammen sind wir stärker.«

Felix überlegte im Stillen, was sie damit meinen könnte. Dachte sie etwa, dass sie sich gegen irgendetwas verteidigen müssten? Was sollte denn hier oben schon sein? Gemeinsam gingen sie los. Immer wieder riefen sie Mayas Namen.

»Das Rufen macht überhaupt keinen Sinn. Der Wind ist so laut in den Bäumen, dass unser Schreien sicher keine zehn Meter weit zu hören ist«, überlegte Sophia nach einer Weile und rannte fast in Felix hinein. »He, warum bleibst du einfach stehen?«

Felix stand regungslos neben ihr.

»Hörst du das?«, fragte er Sophia leise.

»Warum flüsterst du denn so, ich verstehe dich ja kaum.«

»Weil ich es sonst nicht hören kann.«

»Was hören? Maya? Hörst du Maya?« Sophias Stimme überschlug sich fast vor Aufregung.

»Nein, Maya höre ich nicht, aber dafür etwas anderes.«

Felix' Stimme klang auf einmal ganz weich. Sophia schaute ihn misstrauisch an. »Was ist mit dir?«

»Der Gesang, er ist so wunderschön. Ich muss schauen, wer da singt«, flüsterte Felix und ging einen Schritt vorwärts. Sophia hielt Felix an den Händen zurück.

»Spinnst du? Hier oben ist doch um diese Zeit keiner, der singt, oder ist es Maya?«

»Nein, es sind Frauen, die da singen. So etwas habe ich noch nie gehört.« Felix klang immer noch, als wäre er hypnotisiert worden. Sophia lauschte angestrengt in die Dunkelheit hinein. Tatsächlich, jetzt konnte sie auch leisen Gesang hören. Er klang wirklich sehr schön. Trotzdem machte er ihr Angst. Woher kam er? Wer sang dort mitten in der Nacht? Sie ließ Felix' Hände nicht los, drückte sie noch fester und sagte: »Vielleicht hat Maya den Gesang auch gehört und ist ihm gefolgt. So wie du gerade auch losgehen wolltest.«

Felix schüttelte sich, als würde er erwachen, und sagte fassungslos: »Ja, ich wollte wirklich losgehen, alleine. Gut, dass du mich zurückgehalten hast. So muss es auch bei Maya gewesen sein. Sie hat den Gesang gehört und war fasziniert davon. Keiner hat sie zurückgehalten und so ist sie sicher den Klängen gefolgt.«

Sophia erschauerte. »Aber Felix, wer soll denn da um diese Zeit singen?« Das Licht ihrer Taschenlampe wurde von den im Wind tanzenden Ästen und Blättern flackernd zurückgeworfen. Trotzdem sah Sophia, dass Felix sie mit großen Augen ansah.

»Das ist unheimlich«, murmelte er. Klar war das unheimlich, wieso fiel ihrem Freund das erst jetzt auf? Mega unheimlich war das. Schließlich hatte Sophia auch eine ziemliche Gänsehaut, und das hieß schon was.

»Wir haben vorhin doch die Glocken gehört und nun diesen Gesang. Das waren sicher die Glocken von Silvana und nun hören wir den Gesang von Hildegard und ihren Mitschwestern, Felix, das kann doch nicht wahr sein, oder?«

Sophia war völlig durcheinander, und sie konnte keinen klaren Gedanken fassen. Eigentlich wollte sie nur noch nach Hause, das hier war eine Nummer zu groß für sie. Sophia wollte einfach nur in ihrem warmen Bett liegen und keinen Gesang und auch keine Glocken hören. Doch sie konnten Maya nicht hier zurücklassen. Sie musste ja irgendwo sein. Vielleicht war sie gestolpert und brauchte Hilfe.

»Wir müssen Maya finden«, riss Felix' klare Stimme Sophia aus ihren düsteren Gedanken.

»Okay, aber lass mich nicht alleine, okay?«

»Natürlich nicht!«

Zusammen folgten sie den seltsamen Klängen. Seltsam, weil sie nicht hierhergehörten. Der Gesang war manchmal kaum noch zu hören, und so mussten sich die beiden sehr konzentrieren. Im Licht der Taschenlampen sahen sie, dass sie mittlerweile im alten Kreuzgang angekommen waren.

»Gleich kommt die Marienkapelle, da vorne geht schon die Treppe hoch.« Im Lichtschein von Sophias Taschenlampe leuchtete eine verfallene Steintreppe auf. Felix blieb abrupt stehen und fasste Sophia am Arm.

»Hey, hörst du noch was? Ich glaube, der Gesang hat aufgehört.«

»Tatsächlich, ich kann auch nichts mehr hören.« Vorsichtig gingen sie weiter. Sie trauten sich nicht, laut nach Maya zu rufen. Wer weiß, wer hier oben noch herumstrolchte. Vielleicht wurde der Gesang ja auch von einem Handy abgespielt.

»Links kommen jetzt die Wirtschaftsgebäude und wenn wir noch ein Stück weitergehen, kommen wir zum Mönchsfriedhof«, murmelte Felix. Neben ihm schluckte Sophia heftig und auch er bekam eine Gänsehaut. Hatten sie nicht vorgehabt, einfach nur in der alten Klosterruine zu zelten? Als klitzekleine Mutprobe? Jetzt war alles anders. Hoffentlich fanden sie Maya bald.

In diesem Moment ertönte von links unten ein ächzendes: »Aua, brummt mir der Schädel.«

»Maya!«, riefen Felix und Sophia wie aus einem Mund.

»Ich bin hier«, kam es zurück. Sophia leuchtete nach unten. In einem schmalen Loch, fast zwei Meter unter ihnen, saß Maya und hielt sich den Kopf.

»Mensch, bin ich froh, euch zu sehen«, sagte sie schon wieder recht munter.

»Und wir erst«, erwiderte Felix erleichtert.

»Kannst du da hochklettern?«

»Wenn ihr mir leuchtet, geht es bestimmt.« Tatsächlich, schneller als erwartet, war Maya aus dem dunklen Loch geklettert und stand neben ihren Freunden. Bevor Felix auch nur den Mund aufmachen konnte, um zu fragen, wie um Himmels willen sie da hineinfallen konnte und ob sie sich dabei verletzt hatte, sagte Maya: »Ihr glaubt nicht, was ich erlebt habe. Aber vielleicht habe ich das auch alles nur geträumt.«

Ihre Stimme überschlug sich fast.

»Geht's dir gut?«, fragte Sophia.

»Sicher geht es mir gut, aber ich habe vorhin beim Zelt einen seltsamen Gesang gehört. Der war so unglaublich schön, dass ich ihm einfach folgen musste.«

Sophia sah zu Felix hinüber. Also doch! Es war, wie Felix es vermutet hatte.

»Den haben wir auch gehört«, erwiderte Sophia.

»Auch wir sind dem Gesang gefolgt, in der Hoffnung, dich zu finden«, bestätigte Felix.

Eine kurze Weile war es still, dann flüsterte Maya: »Ich habe aber nicht nur den Gesang gehört, sondern auch etwas gesehen.«

»Was denn?«, fragten Felix und Sophia wieder wie aus einem Mund.

»Einen Gang, der von Fackeln erhellt war, und dann die Marienkapelle. Aber sie war keine Ruine mehr, sondern völlig intakt und von Fackeln und Kerzen erhellt. Die dicke

Eingangstür war nur angelehnt und ich habe in die Kapelle geschaut.«

»Wie, das hast du richtig gesehen und dir nicht eingebildet?«

»Nein. Ich weiß, es klingt verrückt, aber es war, als wäre das Kloster keine Ruine mehr. Aber da war noch etwas. In der Kapelle standen Nonnen, Frauen in schwarzen Kutten mit weißen Übergewändern und mit weißen Schleiern im Haar. An den Händen trugen sie goldene Ringe und im Haar goldene Kronen. Und sie sangen so wunderschön. Es war wie in einem Traum, aber ich habe nicht geträumt. Es war alles real.« Maya verstummte. Bestimmt hielten ihre Freunde sie für verrückt.

»Kommt, wir sehen nach, wir schauen uns die Marienkapelle jetzt an.« Felix war sich sicher, wenn dort einer seinen Spaß mit ihnen getrieben hatte, dann würden sie Spuren finden. Und zu dritt waren sie stark. »Gute Idee!«, sagte auch Sophia. Maya zögerte noch, willigte dann aber doch ein. Zusammen liefen sie die paar Meter zurück und gingen die schmale Steintreppe hoch. Sie war stark verwittert und die Stufen waren ausgewaschen.

Maya überlegte ängstlich, was sie dort wohl finden würden. Doch die Marienkapelle sah im Schein der Taschenlampen aus wie immer: verwittert und alt.

»Nichts, hier ist absolut nichts. Alles ist wie immer, keine Spuren oder Hinweise auf den merkwürdigen Gesang.« Maya schluckte heftig. Hatte sie etwa doch geträumt? Oder sich das alles nur eingebildet? Nein! »Hier war etwas. Da bin ich mir ganz sicher. Und das habe ich mir auch nicht eingebildet!« Mayas Stimme klang trotzig. Sophia nahm sie in den Arm und tröstete sie: »Schon gut, ich glaube dir. Schließlich haben wir ja auch etwas gehört.«

Felix wog die ganze Zeit ab, ob er seinen Verdacht mitteilen sollte. Oder war das alles Quatsch, was er sich da zusammengereimt hatte.

»Also«, fing er vorsichtig an, »vielleicht haben sich die Zeiten vermischt.« Gut, dass es dunkel war, so konnten die beiden Mädchen nicht sehen, dass er rot wurde. Das wurde er sonst nie. Doch nun konnte er die Hitze in seinem Gesicht förmlich spüren.

»Die Zeiten vermischt?«, fragte Maya. »Wie meinst du das?«

»Du meinst, die Zeit von uns und die Zeit von Silvana haben sich vermischt?«, fragte Sophia unsicher.

»Aber, das kann doch gar nicht sein«, stotterte Maya nervös. Noch schlimmer als sich das Erlebnis eingebildet zu haben, wäre es, wenn der Gesang wirklich existiert hätte. Zusammen mit den Nonnen und den Fackeln im Kreuzgang.

»Vielleicht doch«, sagte Felix. Wir haben so intensiv in dem Buch gelesen und sind richtig in die alten Zeiten hineingetaucht. Wäre es da nicht auch möglich, dass wir die Zeiten kreuzten?«

Felix war selber über seine Worte erstaunt. Bevor er aber seine Ideen und Gedanken weiter ausführen konnte, schrie Maya auf. »Hey, was ist das? Schaut mal, dort an der Mauer. Da hängt doch was. Los, Sophia, leuchte noch mal hin.«

»Tatsächlich, ein Stück Stoff, fast durchsichtig.«

Mit spitzen Fingern löste Sophia den Stofffetzen von der Mauer. »Es scheint ein Stück von einem Schleier zu sein oder so. Der Stoff ist ganz zart und weich.«

Sie blickte Maya an. »Langsam wird es wirklich richtig gruselig. Maya, das passt doch zu den Schleiern der Nonnen, oder?«

»Ja«, hauchte ihre Freundin.

Felix wurde es auch zu unheimlich, deshalb schlug er vor: »Nehmt das Stück Stoff mit. Ich würde vorschlagen, dass wir wieder zum Zelt zurückgehen und mal im Internet nachlesen. Vielleicht finden wir dort etwas über den Gesang, denn der kam ja bisher nicht im Buch vor.«

Mit diesem Vorschlag waren alle einverstanden und schnell waren sie wieder bei ihrem Zeltplatz angelangt. Wie kuschelig, wieder im Zelt zu sein. Maya war froh, dass ihre Freunde bei ihr waren und im Zelt alles so wie vorher war. Vorsichtig legte sie das Stück Stoff vor sich auf die Isomatte. Fragend sah sie in die Runde und fragte: »Oder sollen wir das Zelten abbrechen und nach Hause gehen?«

Felix und Sophia sahen sie erstaunt an.

»Nein, auf keinen Fall. Ich glaube nicht, dass uns Gefahr droht«, antwortete Felix. Maya nickte. Da Sophia derselben Meinung war, schnappte sie sich ihr Handy und schon nach kurzer Zeit fand sie etwas über den Gesang.

»Hildegard hat auch Musik komponiert und diese mit ihren Nonnen zusammen vorgesungen. Sogar ein richtiges Singspiel hat sie komponiert und aufgeführt. Manchmal auch für hohen Besuch.«

Maya seufzte: »Also habe ich mir das nicht eingebildet. Ihr habt es ja auch gehört. Vielleicht ist es wirklich so, wie Felix gesagt hat – die Zeiten haben sich verwoben.«

Sophia schaute auf. »Hm, kann das wirklich sein? Andererseits haben wir ja auch die Glocken gehört.«

Felix nickte zustimmend. »Und ich bin mir sicher, dass es keine Glocken aus unserer Zeit waren.«

***

KAPITEL 7

KLOSTERGRÜNDUNG

Eine Weile war nur das Atmen der drei Freunde zu hören, dann schnappte sich Maya das Buch.

»Ich lese wieder«, sagte sie und schlug das Buch auf. Nach ihrem Erlebnis in der Marienkapelle war sie immer noch aufgewühlt und wollte unbedingt wissen, wie es weiterging.

Wie es Silvana vorausgesehen hatte, war Abt Kuno nicht gewillt, seine Nonnen ziehen zu lassen. Wo gab es denn so etwas, dass Nonnen sich von dem System des Doppelklosters lösten und ein eigenes Frauenkloster bauen wollten? Heuchlerisch fragte er, woher Hildegard denn das viele Geld für einen Klosterneubau beziehen wolle. Außerdem sei sie doch an ihr Gelübde gebunden. Sie hatte gelobt, dem Abt in allem Gehorsam zu sein und dieses Kloster, solange sie lebte, nicht mehr zu verlassen. Sie durfte also gar nicht wegziehen. Doch er hatte nicht mit der Hartnäckigkeit der Magistra gerechnet.

»Lieber Kuno, für den Klosterbau wird am Anfang die Familie von Richardis aufkommen. Ihre Mutter, die Markgräfin von Stade, hat sich bereit erklärt uns großzügig zu unterstützen.

So lange, bis wir die Besitztümer von Euch wiederbekommen haben, die unsere Nonnen mit in dieses Kloster gebracht haben.«

Forsch sah sie dem Abt in die Augen. Sie hatte keine Angst vor ihm und das wusste Kuno auch. Wahrscheinlich war das auch einer der Gründe, warum er die Magistra nicht mochte. Sicher, sie hatte dem Kloster Ruhm und Glanz verliehen. Seit sie als große Prophetin galt, kamen immer mehr Männer ins Kloster, die ihr Leben in den Dienst der Kirche stellen wollten. Sie brachten manches Mal große Besitztümer mit, wie zum Beispiel eine Mühle oder auch ein ganzes Dorf. Abt Kuno verfügte mittlerweile über große Ländereien, fast wie ein Landesfürst. Doch die Magistra war zu selbstbewusst in seinen Augen. Sie traf eigene Entscheidungen, anstatt ihn zu fragen. So durfte sich eine Frau nicht verhalten, das war doch klar. Außerdem versorgten die Nonnen die alten und kranken Mönche und webten die Kleidung für sie. Wie sollte es ohne sie werden?

»Nein, ihr bleibt hier, denn auch wenn die Markgräfin euch finanziell unterstützen möchte, wie soll es danach weitergehen? Von uns bekommt Ihr kein Land zurück. Was die Nonnen in mein Kloster gebracht haben, bleibt hier. Das werdet ihr nie mehr zurückbekommen.«

Abt Kuno hatte sich so in Rage geredet, dass sich kleine Spuckefäden in seinem Mundwinkel fingen. Überhaupt fiel Hildegard heute zum wiederholten Male auf, wie feist Kuno in den letzten Jahren geworden war. Lag es am Wein oder am häufigen Fleischgenuss? Dabei durfte dies laut der Ordensregel ja nur an Festtagen und bei Krankheit genossen werden. Nein, sie sollte hier wegziehen und sie würde auch hier wegziehen. Gott hatte es ihr in einer Vision gezeigt, also würde er auch für das Gelingen sorgen. Hildegard war sich da ganz sicher. »Morgen werde ich mit Richardis nach Bingen reiten und erste Vorbereitungen treffen.«

Mit diesen Worten ließ sie Abt Kuno einfach stehen und ging zielstrebig zurück in die Frauenklause. Aufgebracht schaute ihr der Abt hinterher. In der Frauenklause wartete schon Richardis auf sie.

»Und? Wie ist es gelaufen?«

Hildegard winkte nur ab. »Er wird es schon noch einsehen.«

Am nächsten Tag ritten Hildegard und Richardis zum Rupertsberg. Silvana wäre auch gerne mitgekommen, doch Hildegard wollte die Reisegruppe klein halten. Richardis genoss den Ritt durch die Nahelandschaft. Es war Herbst geworden und die Blätter hingen rot und leuchtend an den Bäumen. Bei jedem Windstoß lösten sich einige von ihnen und flogen als bunter Blätterschnee von den Bäumen. Auch Hildegard war entspannt und freute sich auf die Dinge, die vor ihr lagen. Angst vor Wegelagerern hatte sie nicht, denn sie vertraute ganz auf Gott. Außerdem trugen ihre Pferde keine Packsättel. Es war offensichtlich, dass sie nichts Wertvolles dabei hatten.

Es war schön, die Enge der Klostermauern hinter sich und den Blick durch die Weite der Landschaft schweifen zu lassen. Die Gedanken lullten Hildegard bei dem sanften Schaukeln des Pferdes ein. Fast wäre sie eingeschlafen. Das hätte noch gefehlt, vom Pferd fallen und sich alle Knochen brechen. Schließlich war sie ja nicht mehr so ein junger Hüpfer wie Richardis. Mit einem Seitenblick stellte Hildegard fest, dass diese sicher nicht an den geplanten Neubau dachte. Nein, Richardis hatte nur Augen für den Wald, für die Blätter und für die Rehe, die vor ihnen die Flucht ergriffen.

Nur als sie einer Rotte Wildschweinen begegneten, sah sie kurz eine leichte Unruhe in ihren Augen aufflackern. Doch im Allgemeinen war Hildegard überzeugt, dass Richardis bis auf den Teufel nichts fürchtete. Doch selbst da war sie sich nicht so sicher. Vielleicht würde sie mit ihm die lateinische Grammatik diskutieren? Wer wusste das schon? Jedenfalls war Hildegard sehr froh, Richardis an ihrer Seite zu haben. Sie war zwar jung, und manchmal konnte sie sich fast kindlich über religiöse Themen äußern, doch ihr Herz und ihr Verstand waren reif, wie die einer erfahrenen Nonne. Ihre Mutter musste ihr viel beigebracht und ihr vor allem den Raum gegeben haben, sich zu solch einer selbstbewussten Frau entfalten zu können.

Ja, Richardis war wie eine Tochter für Hildegard. Natürlich würde sie das nie jemandem sagen, schließlich war es ihre Pflicht, all ihre Nonnen gleich zu behandeln. Doch dies fiel Hildegard nicht immer leicht. Ihr war nicht bewusst, dass die anderen Nonnen sehr wohl um ihre Vorliebe wussten. Doch genug der vielen Gedanken. Weiter vorne sah sie bereits ihr Ziel.

Der Rupertsberg war nur eine kleine Erhebung in der Landschaft, direkt oberhalb des Rheins. Eine gute Lage, da war sich Hildegard sicher. Doch wer sollte es auch anzweifeln, wenn Gott selbst sie hierhergeführt hatte? Die Mutter von Richardis erwartete sie schon mit kleinem Gefolge.

»Seid gegrüßt, ehrwürdige Mutter, sei gegrüßt meine liebe Tochter.« Richardis stieg schnell von ihrem Rappen. Schwarz wie die Nacht war er, nur eine kleine sternförmige Blesse zierte die stolze Stirn des großen Pferdes. Hildegard umarmte die Markgräfin und auch Richardis versank in ihren Armen.

»Wie ich sehe, macht sich Nachtstern gut bei euch im Kloster.«

Das edle Pferd war ein Geschenk von ihr gewesen.

»Ja, aber ich musste Abt Kuno davon überzeugen, dass Nachtstern sich nicht für die schwere Feldarbeit eignet.«

Die Markgräfin hielt die Hände hoch und rief: »Gott bewahre, daran würde er zerbrechen.«

Richardis musste lächeln, ihre Mutter drückte sich manchmal sehr drastisch aus. Überhaupt nahm sie nie ein Blatt vor den Mund und sagte stets ihre Meinung. Das hatte ihr natürlich nicht nur Gönner eingebracht. Doch ihrer Mutter war es egal. Sie hatte genügend treue Freunde. Lag es daran, dass Richardis Vater so früh verstorben war und ihre Mutter alles alleine entscheiden musste? Jedenfalls war sie eine starke Frau, die sich wirklich nichts sagen ließ, wenn sie es nicht wollte. Richardis war also in jeder Hinsicht ein Kind ihrer Mutter. »Hildegard, darf ich Euch den Bauplaner vorstellen, der für mich schon einmal erfolgreich tätig war? Ich kann ihn und seine Arbeit nur empfehlen.«

Bald waren alle in ein reges Gespräch über den Neubau des Klosters vertieft. Der Baumeister war erstaunt, denn Hildegard hatte schon einen richtigen Bauplan im Kopf. Zuerst sollten einige einfache Unterkünfte für die Nonnen gebaut werden. Und die kleine, alte Kapelle, die dem heiligen Rupert gewidmet worden war, sollte hier oben renoviert werden. Danach würden alle anderen Bauten folgen.

»Wann gedenkt ihr denn, mit euren Nonnen auf den Rupertsberg umzusiedeln?«, fragte der Baumeister nach einiger Zeit.

»Nächsten Sommer, soll es so weit sein«, antwortete sie mit frischer Stimme. Richardis erschrak. So schnell schon? Sie wusste, dass bis dahin nur einfache Holzhütten fertig sein

würden. Wie lange würden sie darin hausen müssen, bevor sie sich wieder unter ein richtiges Klosterdach zu Ruhe begeben konnten? Auch die Markgräfin und der Baumeister stutzten. Hildegard lächelte sie an und sagte: »So wird es sein, wartet ab.«

Nach eingehender Begutachtung war klar, dass eine Seite des Hanges mit einer starken Mauer abgestützt werden musste, damit das Kloster gebaut werden konnte. Wann werdet ihr das Land denn kaufen?«, fragte Richardis.

Ihre Mutter schaute mit einem katzenhaften Lächeln zu ihr herüber: »Oh, das ist schon erledigt. Ich habe das Land gekauft, mit der Unterstützung des Pfalzgrafen Hermann von Stahleck und auch die Familie der Magistra hat einiges dazu beigetragen. Wir haben Hildegard als Eigentümerin eintragen lassen. Du siehst, deine Mutter denkt immer einen Schritt voraus.«

Die Magistra bedankte sich und umarmte die Markgräfin. Sie schien über die eigenmächtige Entscheidung der Markgräfin nicht weiter überrascht zu sein. Hildegard schien sich sicher zu sein, von Abt Kuno die Erlaubnis für den Auszug aus dem Doppelkloster zu bekommen. Richardis fragte sich allerdings, ob ihre Mutter wirklich so selbstlos war, oder ob sie nicht doch irgendwelche Absichten hatte, die sie für sich behielt.

»Kommt, es ist alles für ein Essen im Freien vorbereitet.«

Richardis war begeistert. Ihre Mutter tischte herrliche Sachen auf, die Richardis nur alle Jubeljahre zu essen bekam. Deshalb genoss sie es sehr. Die Magistra sagte ja schließlich immer, dass zu einem guten Leben auch das gute Essen gehöre. Aber alles in Maßen. Es war schon früher Nachmittag, als sie schließlich wieder aufbrachen. Sie wollten vor Einbruch der Dämmerung wieder im Kloster sein.

Am nächsten Tag bekam Silvana mit, dass Hildegard wieder einen Termin bei Abt Kuno hatte. Ob sie heute wohl mehr erreichen würde? Kuno galt als ausgesprochen geizig und habgierig. Er war äußerst zäh im Verhandeln, aber sie wusste auch, dass Hildegard beharrlich auf ihre Rechte pochen würde. So schnell würde sie sicher nicht klein beigeben. Deshalb war sie umso erstaunter, als Richardis ihr nach der Vesper zuflüsterte, dass es Hildegard nicht gut gehen und sie krank auf ihrem Lager liegen würde.

»Vorhin ging es ihr doch noch gut. Ich habe gesehen, wie sie auf dem Weg zum Abt war«, äußerte sie deshalb mit erstauntem Blick. Innerlich freute sie sich, dass Richardis ihr so etwas anvertraute. Lag es an den gemeinsamen Stunden in Hildegards Schreibstube, dass Richardis ihr so wohlgesonnen war und sie Silvana ins Vertrauen zog? »Kuno hat rundheraus abgelehnt und will uns nicht ziehen lassen.« Silvana erschrak. Wie sollte es nun weitergehen?

»Was quält die Magistra?«

Die Antwort von Richardis ließ ihr Herz stocken: »Sie ist gelähmt.«

In den nächsten Wochen kam es zu wiederholten Gesprächen mit Abt Kuno, der Hildegard an ihrem Krankenlager aufsuchte. Ihre Lähmungen wurden weniger, wenn er Zugeständnisse machte, und heftiger, wenn die Verhandlungen ins Stocken gerieten. Während der ganzen Zeit konnte sie ihre Arbeit an ›Scivias‹ nicht fortführen. Es war für alle Nonnen eine anstrengende Zeit der Ungewissheit. Besonders aber litten Richardis und Silvana darunter, denn sie konnten nicht wie *gewohnt mit Volmar und Hildegard in der geliebten Schreibstube arbeiten.*

Clementina pflegte Hildegard und gab ihr Löffel für Löffel warme Suppe ein, denn Hildegard konnte manchmal nicht mal ihre Hand heben und lag steif auf ihrem Lager. Volmar weilte jeden Tag an Hildegards Bett. Schließlich hielt er diesen Zustand nicht mehr aus und suchte Abt Kuno auf.

»Verehrter Abt, wie Ihr seht, kann die Magistra ihrer Aufgabe nicht mehr nachgehen. Die Arbeit an dem Buch ›Scivias‹ liegt danieder. Neue Visionen empfängt sie auch nicht mehr. Wie lange soll das noch so weitergehen, frage ich Euch?«

Kuno räusperte sich, um Zeit zu gewinnen. Ihm war auch schon der Gedanke gekommen, dass Hildegard seinem Kloster so keinen Nutzen mehr brachte. Wenn sie keine Visionen mehr niederschreiben konnte und das Buch nicht an die Öffentlichkeit gebracht wurde, würde in kürzester Zeit kein Sterblicher mehr über die Prophetin in seinem Kloster sprechen. Die Einnahmen würden ausbleiben, denn die Novizen aus wohlhabenden Familien suchten sich dann vielleicht nicht dieses Kloster für ihr Wirken für Gott aus. Kuno konnte sich an seinen zehn dicken Fingern abzählen, wo das hinführen würde. Doch einfach so klein beigeben wollte er auch nicht. Schließlich war Hildegard nur ein Weib. Prophetin hin oder her. Andererseits, wenn er den Wegzug gestattete, würde sie sicherlich weiterarbeiten können. Dann würde immerhin noch ein bisschen Ruhm bei ihm im Kloster verbleiben, denn schließlich hatte sie ja viele Jahre hier auf dem Disibodenberg gelebt.

Aufgeregt lief er in seiner großen Schreibstube hin und her. Was sollte er nur machen? Volmar wartete immer noch auf eine Antwort. Langsam wurde ihm ganz schwindelig von dem Hin- und Hergetrabe seines Abtes. Plötzlich aber blieb Kuno abrupt vor Volmar stehen.

»Du weißt, worum mich die Magistra gebeten hat?«

Volmar war irritiert. Das war doch im ganzen Kloster bekannt. Bevor er jedoch etwas antworten konnte, fuhr Kuno fort: »Sie möchte auch dich mitnehmen. Du sollst der Propst im neuen Kloster werden. Wie stellst du dich dazu?«

Volmar fuhr ein freudiger Schreck in die Glieder. Das hatte er sich erhofft, vielleicht auch erträumt. Hildegard war ihm eine liebe Schwester geworden und Richardis und Silvana wie Töchter. Letztere manchmal wie eine widerspenstige Tochter, aber er hatte auch sie in sein Herz geschlossen. Außerdem war ihm die Arbeit mit den Visionen zu einem Lebenswerk geworden. Für ihn war es unvorstellbar, dass ein anderer fortan Hildegard auf ihrem Weg begleiten sollte.

»Das wusste ich nicht, aber sehr gerne beuge ich mich dem Wunsch der Magistra und begleite sie auf den Rupertsberg.«

Volmar konnte sich ein Grinsen nicht verkneifen. Abt Kuno sah es mit leichtem Ärger und sagte verhalten: »Das dachte ich mir. Nun denn, so soll es sein. Die Magistra darf mit ihren Nonnen ausziehen und du wirst der Propst in ihrem neuen Kloster sein. Aber von mir wird sie keine Ländereien zurückbekommen, da kann sie lange warten!«

Abt Kuno hatte mit keiner Silbe erwähnt, dass der Mainzer Erzbischof Heinrich ihn aufgefordert hatte, Hildegard ziehen zu lassen. Das würde sein Geheimnis bleiben.

Sobald Hildegard die frohe Kunde erreicht hatte, wurden ihre Lähmungen besser und bald schon konnte sie wieder sprechen und aufstehen. Nach einer Woche war sie so weit wiederhergestellt, dass sie mit frohem Herzen weiter an ihrem Kloster planen konnte.

»Schreckt Euch denn gar nicht, dass Kuno uns keine Ländereien und kein Geld geben will?«, fragte Richardis sie eines Tages.

»Nein, der Herr hat mir gesagt, wohin ich gehen und was ich dort machen soll. Er wird mir auch den Weg dahin zeigen. Das ist gewiss. Sorge dich nicht, meine Tochter.«

Richardis neigte ihren Kopf und hoffte, dass die Magistra recht behielt.

Zwischen den Planungen für den Neubau fand natürlich auch das normale Klosterleben mit seinem strengen Zeitablauf statt. Jeden Tag war Hildegard mit Volmar, Richardis und Silvana in der Schreibstube am Arbeiten.

Manchmal waren Silvana und Richardis auch alleine in der Schreibstube tätig, dann unterhielten sie sich und konnten unbedarft miteinander reden. Volmar und Hildegard waren da etwas strenger und es entstanden nur Gespräche über den Text. Silvana rutschte heute schon den ganzen Morgen unruhig auf ihrem Holzschemel hin und her. »Richardis, bald ist Ostern!«, kiekste sie mit hoher Stimme.

»Ja, das ist mir nicht entgangen.« Richardis wusste ganz genau, worauf Silvana hinauswollte.

»Du freust dich, weil wir beim Psalmengesang den weißen Seidenschleier tragen dürfen, oder?«

»Ja, er glänzt so schön und reicht bis an den Boden.«

Aufgeregt schaute Maya von dem Buch auf: »Hier kommen also die weißen Schleier vor, die ich gesehen habe.«

»Felix, gib doch mal das Stückchen Stoff herüber.«

Felix legte ihr den Stoffrest in die Hände. »Wie kann es sein, dass du die Nonnen in der Marienkapelle gesehen hast?«, fragte er leise.

Maya zuckte mit den Schultern und flüsterte: »Ich weiß es nicht. Aber ganz sicher war das keine Einbildung.«

»Nein, das war sicher keine Einbildung oder Traum von dir. Schließlich halten wir hier ein Stück von dem Schleier der Nonnen in den Händen«, war sich Sophia ganz sicher. »Ich glaube auch nicht, dass der Stoff zufällig oder durch jemand anderen dort hingekommen ist«, überlegte sie weiter.

Felix nickte zustimmend. »Das glaube ich auch nicht. Der Stoff ist von so feiner Beschaffenheit, dass er fast durchsichtig ist. Wer trägt heute schon so etwas.«

»Stimmt«, meinte auch Maya, »für ein Halstuch ist der Stoff viel zu dünn. Außerdem bin ich mir ziemlich sicher, dass er vorher noch nicht dort an der Mauer hing.«

»Stimmt, wir waren doch heute Abend schon in der Marienkapelle und haben innen alles mit den Taschenlampen abgeleuchtet. Das Stück Stoff hing ganz in der Nähe des Bildes von dem Ritter, den wir uns so intensiv angeschaut hatten. Ganz sicher hätten wir dann auch den Stoff entdeckt. Schließlich ist er weiß und sehr auffällig.« Felix' Stimme überschlug sich fast.

Mayas Stimme war nur ein Flüstern, als sie sagte: »Das ist echt gruselig, ich glaube, das können wir nicht aufklären. Das ist etwas, das wir nicht begreifen können und wohl auch nicht werden.«

Felix nickte und sagte leise: »Es gibt vielleicht Dinge auf der Welt, die einfach so sind.«

»Wie denn?«, fragte Sophia irritiert.

»Na unbegreifbar!« Schatten tanzten an den Zeltwänden und im schwachen Licht schauten sich die Freunde mit großen Augen an. So etwas hatten sie noch nie erlebt. Nach einer kurzen Pause fragte Sophia herausfordernd: »Na, Felix, ist das Buch nun spannend genug?« Felix gab ihr einen kleinen Schubs und sagte: »Wir lesen einfach weiter. Maya, gib mir bitte mal das Buch rüber. Ich werde jetzt lesen.«

Silvana freute sich aber nicht nur auf die weißen Schleier.

»Außerdem bin ich voller Vorfreude auf die goldenen Ringe, die wir uns an die Finger stecken dürfen.«

Richardis lächelte. Silvana war eben auch nur ein Mädchen und freute sich darauf, an den Festtagen geschmückt in der Kirche stehen zu dürfen. Als Braut Christi. Richardis wusste, dass es den Nonnen in anderen Frauenklöstern meistens nicht gestattet war, sich für die christlichen Feste zu schmücken. Richardis erinnerte sich nur zu gut an einen Brief der Äbtissin Tenxwind aus Andernach. Sie warf Hildegard darin vor, dass die Nonnen auf dem Disibodenberg an Festtagen geschmückt mit weißen Schleiern und Ringen in der Kirche stehen würden. Sogar den Apostel Paulus hatte sie zitiert: ›Auch sollen sich die Frauen anständig, bescheiden und zurückhaltend kleiden. Nicht Haartracht, Gold, Perlen oder kostbare Kleider seien ihr Schmuck, sondern gute Werke …‹

Richardis schüttelte den Kopf. Sie war froh, dass es ihre Magistra anders sah. Hildegard hatte als Prophetin auf diese Vorwürfe geantwortet und nicht als Mensch. ›… Und deshalb steht es der Jungfrau gut an, ein glänzend weißes Gewand anzulegen, als deutlichen Hinweis auf die Vermählung mit Chris-

tus … Der Jungfrau ist es nicht geboten, ihr Haar zu bedecken. Dies wurde vom lebendigen Licht gesprochen und nicht von einem Menschen.‹

Jetzt musste Richardis bei dem Gedanken daran leise kichern. Wie sollte Tenxwind weiter gegen sie vorgehen oder sich gar beim Papst beschweren, wenn die Magistra von höchster Stelle, nämlich von Gott selbst, die Erlaubnis für die weißen Schleier und die Ringe bekommen hatte? Außerdem wusste Richardis, dass Hildegard in ihrem Visionsbuch ›Scivias‹ immer wieder darauf hinwies, dass das Paradies nicht hässlich war. In ihren bildgewaltigen Visionen kamen auch Seide, Schmuck und Edelsteine als Sinnbilder für die Schönheit der Göttlichkeit vor. Für Hildegard stand fest, dass der Mensch als Abbild Gottes seinen Körper nicht zu verachten brauchte. Mit einem erleichterten Seufzen dachte Richardis, was es doch für eine Gnade war, Hildegard dienen zu dürfen und so nah am Entstehen ihres Visionswerkes dabei sein zu dürfen.

Die Tage flossen dahin und Silvana war immer wieder erstaunt, welchen guten Ruf die Magistra im Reich und darüber hinaus hatte. Auch die Markgräfin sorgte für neue Kontakte und so kam ausreichend Geld hinein, um mit dem Klosterbau zu beginnen. Richardis argwöhnte nicht zum ersten Mal, dass ihre Mutter das nicht nur aus gutem Willen oder gar Fürsorge tat. Ihre Mutter war tiefgründig. Sicher verfolgte sie ein Ziel, von dem Richardis noch nichts wusste. Doch so sehr sie darüber nachgrübelte, es fiel ihr einfach nichts Konkretes dazu ein. Und ihre Mutter direkt zu fragen, kam nicht infrage. So ging das Leben weiter und langsam wuchs auf dem Rupertsberg ein neues Kloster heran.

Schon im nächsten Frühjahr wollten die Nonnen aus dem Doppelkloster auf dem Disibodenberg ausziehen. Silvana war Wochen vorher schon völlig aufgeregt. Bisher hatte sie den Fortschritt des Neubaus nur von Richardis erfahren. Hildegard schwieg dazu. Wohl aus gutem Grund, denn Silvana hatte einiges im Vertrauen erfahren. »Und es gibt dort nur die Unterkünfte für uns Nonnen? Keine Abteikirche, kein Hospiz, keinen Garten?«

Silvana war sichtlich erschrocken. Richardis beruhigte sie: »Es ist ja nur für den Anfang. Außerdem ist die kleine, alte Kapelle, die dort zu Ehren des heiligen Ruperts steht und dem Berg seinen Namen gab, renoviert worden, dort werden wir den Gottesdienst feiern.«

Sie führte die Art der Unterkünfte nicht weiter aus. Bisher standen dort nur einfache Holzhütten, ohne jeglichen Komfort. Wenn das die dicke Paulina erfuhr. Sicher würde sie ihre wohlhabenden Eltern bitten, sie in einem anderen Kloster unterzubringen. 1150 war es endlich so weit. Die Nonnen zogen ihrem neuen Heim entgegen. Das wenige Hab und Gut, das sie mitnehmen durften, war auf den Packpferden festgezurrt worden. Richardis ritt auf Nachtstern. Sie war unglaublich froh, dass ihre Mutter durchgesetzt hatte, dass dieses edle Pferd mit auf den Rupertsberg ziehen durfte. Es hätte ihr sonst sehr gefehlt. Die Reisegesellschaft wurde von Hildegards adliger Verwandtschaft und auch von anderen neugierigen Menschen begleitet. Deshalb war es ein ansehnlicher Trupp, der in der Morgensonne den Disibodenberg verließ. Später schrieb Hildegard dazu: ›Daher gelangten wir mit der Erlaubnis des Erzbischofs unter großem Geleit unserer Angehörigen und anderer Menschen in Ehrfurcht vor Gott zu dieser Stätte.‹ Längst hatte Hildegard herausgefunden, wieso Abt Kuno sich doch noch entschlossen hatte, sie gehen zu lassen, und sie ließ auch keine Möglichkeit aus, dies allen mitzuteilen.

***

KAPITEL 8

UMZUG AUF DEN RUPERTSBERG

Meine Güte«, entfuhr es Sophia, »die Frau ist wirklich tatkräftig und entschlossen. Ich weiß nicht, ob ich die Kraft gehabt hätte, mich gegen einen so wichtigen Abt zu stellen.«

»Sie war mutig und vertraute auf das, was Gott ihr sagte«, meinte Maya, »lasst uns sehen, wie es weiterging.«

Es kam, wie Richardis es vorausgeahnt hatte, die adeligen Nonnen murrten beim Anblick der einfachen Unterkünfte und dem, durch den Regen aufgeweichten Boden. Überall waren nur Schlamm und Dreck. Hier sollten sie wohnen? Fortan mussten alle Nonnen mit anpacken und hart arbeiten.

»Silvana, du bist so unermüdlich und deine Kraft scheint keine Grenzen zu kennen. Wie machst du das?« Erschöpft sah Magdalene ihre Freundin fragend an.

»Es macht mir Freude, mit meinen Händen zu arbeiten. Außerdem möchte ich so schnell wie möglich wieder in der Schreibstube arbeiten. Dieser Wunsch gibt mir Kraft.«

Das Kloster wuchs weiter, die Geldgeber zeigten sich groß-

zügig. Bald schon konnte Hildegard die Niederschrift ihrer Visionen fortsetzen. Immer in Begleitung von Volmar, Richardis und Silvana. Mit dem Fortschritt des Klosterbaus hörten auch die letzten Nonnen auf zu murren. Sie fügten sich in ihr Schicksal, für einige Jahre auf einer Baustelle leben zu müssen. Aber war es nicht früher auch schon so gewesen? Für Hildegard war es nichts Neues, denn als sie mit Jutta von Sponheim auf dem Disibodenberg einzog, war das Kloster auch noch eine Baustelle gewesen. Erst im Laufe der Jahre wurde die riesige Abteikirche fertiggestellt und eingeweiht, auch die Unterkünfte wuchsen erst langsam.

Aber hatten die Rufe der Arbeiter, die vielen Pferdegespanne, voll beladen mit Sandsteinblöcken, sie von ihrer Arbeit abhalten können? Nein, sie lernte von und mit Jutta von Sponheim und ihren Mitklausnerinnen und so würde es auch jetzt sein. Der Lärm und das Kommen und Gehen auf dem Rupertsberg störten sie nicht im Geringsten. Es sollte noch Jahre dauern, bis der letzte Stein verbaut war und das Kloster in seiner ganzen Pracht auf dem Rupertsberg glänzte. Es war ein guter Ort, wie Hildegard immer wieder feststellte. Neuigkeiten kamen schneller bei ihr an als früher auf dem Disibodenberg. Immer wieder fanden Reisende den Weg zu ihr und baten um Unterkunft.

Sogar Abt Kuno gab sich nach einiger Zeit und nach dem zähen Verhandeln von Hildegard geschlagen. Die Nonnen erhielten, zumindest teilweise, ihre Besitztümer übertragen und konnten sie in das neue Kloster einbringen. Schon bald verfügte Hildegard über mehr Ländereien als Abt Kuno, da ihrem Kloster immer wieder Land geschenkt wurde. Ihr Ruf als Prophetin hatte sich mittlerweile weit verbreitet. Mit dem Auszug von Hildegard und ihren Nonnen minderte sich von Jahr zu Jahr der Ruhm des Klosters von Abt Kuno. Machtlos und voller Zorn stand er diesem Geschehen gegenüber.

1151 war ein aufregendes Jahr. Endlich, nach zehn Jahren harter und ausdauernder Arbeit an ihrem Visionsbuch ›Scivias‹, lag es nun fertig vor Hildegard. Es war mit vielen wertvollen Bildern bestückt, die Hildegards Visionen besser erklären konnten, als es nur der Text allein vermocht hätte. Ihre Visionen behandelten die Auslegung des Alten und Neuen Testamentes. Eine Sensation, denn es war eine Frau, die dieses Werk geschrieben hatte, und noch dazu war sie von Papst Eugen III. dazu aufgefordert worden. In der folgenden Zeit wurde dieses Buch kopiert und es fand viele Leser. Zu Volmars Leidwesen wurde es allerdings nicht in den Domschulen, den Bildungsstätten für junge Männer und angehende Kirchenmänner, gelehrt. Er war von der Einmaligkeit seiner Magistra überzeugt und hätte es gerne gesehen, dass ihr Buch mehr Erfolg gehabt hätte. Er war absolut überzeugt, dass Gott selbst aus den Visionen der Hildegard von Bingen sprach.

»Was ist denn eine Domschule?«, frage Felix neugierig und zog schon sein Handy raus. Genervt sahen Maya und Sophia ihn an.

»Schon wieder eine Pause?«, murrten sie.

»Nur kurz«, versprach Felix, »ich möchte nur verstehen, was diese Schulen sind. Mal sehen. Ja, hier steht was dazu. Es ist so, wie das auch im Buch beschrieben wurde. An den Domschulen wurden auch Jungen unterrichtet, die keine Mönche werden wollten. Diese Schulen waren meistens einem Bistum angeschlossen, also einem Bischofsamt. Die

Domschulen wurden im Laufe der Jahrhunderte wichtiger als die Klosterschulen.«

»Hm«, meinte Sophia, »das heißt ja, dass Hildegards Buch in diesen Schulen einfach ignoriert wurde.«

»Bestimmt wurde nur aus Büchern von Männern an diesen Domschulen gelehrt«, überlegte Maya. »Das ist doch gemein, da hatte sie extra die Genehmigung zum Schreiben dieses Buches von einem Papst bekommen, und dann setzten es die Gelehrten nicht für den Unterricht ein.« Felix hatte aber noch eine andere Anmerkung dazu: »Du musst bedenken, dass der Buchdruck erst Jahrhunderte später erfunden wurde und das Kopieren und Vervielfältigen der Bücher viel Zeit in Anspruch nahm.«

Sophia nickte langsam, sagte dann aber: »Ich glaube, davon hat sie sich aber nicht beeinflussen lassen. Soweit ich mich erinnern kann, hat Hildegard doch noch mehr Bücher geschrieben. Schau doch mal nach, Felix.«

»Okay, mal sehen, was sich dazu finden lässt. Ah, hier steht es schon. Also: Hildegard von Bingen hat insgesamt fünf Bücher geschrieben. Drei sogenannte Visionsbücher, eins zu Tier und Mensch, das wurde ›Physica‹ genannt, und eins über Ursache und Behandlung, also über die Heilkunde. Sie hat anscheinend viel Wissen aus alten Büchern und aus der Volksmedizin zusammengefügt und mit eigenen Erfahrungen ergänzt.«

»Dann hat sie sich nicht nur mit ihren Visionen befasst, sondern auch mit ganz weltlichen Dingen?«, fragte Sophia nachdenklich. »Es ist erstaunlich, aber die Hildegard-Medizin hat – laut meiner Oma – ja immer noch einen guten Ruf.«

Sophia fand es unglaublich, dass immer noch über Hildegard von Bingen gesprochen wurde. Und mehr als das. Es gab die Hildegard-Medizin, den Herzwein, Hildegard-Nervenkekse, Hildegard-Brot und und und. Vor allem der Dinkel wurde immer wieder im Zusammenhang mit Hildegard erwähnt. Ihm gab sie, vor allen anderen Getreiden, den Vorzug.

»Meint ihr, die Medizin ist immer noch Original nach Hildegard?«, fragte sie.

»Hm, ich weiß nicht. 1000 Jahre sind eine lange Zeit. Auch unser Buch, in dem wir lesen, ist ja ganz offensichtlich immer wieder verändert worden. So eine sprachliche Veränderung kann auch nicht in einem Durchgang geschehen sein«, meinte Felix.

»Ja, das denke ich auch. Es müssen viele Menschen im Laufe der Jahrhunderte an unserem Buch gearbeitet haben«, ergänzte Sophia. »Dieses Exemplar ist ja auch noch nicht so alt, denn es ist ja vor nicht allzu langer Zeit bearbeitet worden.«

Felix sah die beiden Mädchen an. »Ist schon spannend, oder?«

»Ja, du hast recht«, sagte Maya und zappelte hin und her. »Können wir aber bitte weiterlesen? Es sind ja nicht mehr viele Seiten. Wer möchte denn?« Ungeduldig hielt sie ihren Freunden das Buch hin. Sophia nahm es und las weiter:

Ende 1151 kam es zu einem starken Einschnitt im Leben der Hildegard.

»Magistra, was ist mit euch?«, fragte Volmar irritiert, als Hildegard mit bleichem Gesicht in die Schreibstube trat. Es war nur ein Jahr nach ihrem Umzug auf den Rupertsberg. Alles war noch behelfsmäßig und einfach eingerichtet. Aber Hildegard hatte darauf bestanden, dass ihre Schreibstube so schnell wie möglich wieder einsatzbereit war. Silvana konnte das nur recht sein, denn sie ersehnte sich nichts mehr, als wieder zu schreiben und an den Übersetzungen zu arbeiten. Heute war sie mit Volmar allein bei der Arbeit, denn Richardis hatte sich noch nicht blicken lassen.

Hildegard setzte sich mit einem tiefen Seufzer auf einen Hocker. Schweigend starrte sie an die Wand, ihre Augen wirkten leblos und leer. Silvana bekam es mit der Angst zu tun. Was war mit der Magistra los? Volmar trat vor Hildegard und suchte ihren Blick.

»Was ist mit Euch?«, wiederholte er seine Frage.

Hildegard hob ihren Kopf und sah Volmar in die Augen. Trotzdem erschien es ihm so, als würde sie durch ihn durchsehen und die Wand hinter ihm betrachten. »Richardis, meine Tochter, sie wird nicht …«

Volmar sah fragend zu Silvana hinüber, doch sie schüttelte nur den Kopf. Sie wusste nichts.

»Richardis wird uns verlassen, sie wird Äbtissin in Bassum werden. Es ist beschlossene Sache. Ihr Bruder, Erzbischof von Bremen, hat es veranlasst.«

Stille breitete sich in dem Raum aus. Schwere Stille. Silvana schluckte. Hatte sie sich früher nicht immer gewünscht, dass Richardis wegzöge? War sie nicht neidisch auf sie gewesen?

War sie schuld, dass Richardis nun wirklich wegging? Nein, Richardis, war ihr zu einer lieben Schwester geworden. Mehr als nur irgendeine Mitschwester. Sie stand ihr mittlerweile sogar näher als Magdalene. Hatten sie nicht die letzten Jahre eng zusammengearbeitet und jeden Tag in der Schreibstube miteinander verbracht?

»Was wird denn nun?«, fragte sie leise.

Hildegard seufzte wieder.

»Vielleicht könnt ihr sie noch davon abbringen«, überlegte Volmar. »Nein, ich habe gerade mit Richardis gesprochen, sie wird dem Ruf ihrer Familie folgen.«

Da alle unfähig waren, mit diesen traurigen Neuigkeiten weiterzuarbeiten, schickte Hildegard Volmar und Silvana hinaus.

Richardis ging derweil im kleinen neu angepflanzten Kräutergarten auf und ab und zupfte ein wenig Unkraut. Ihre Gedanken wirbelten förmlich durch ihren Kopf. Das also hatte ihre Mutter die ganze Zeit bezweckt. Sie glaubte nämlich nicht, dass es die Idee ihres Bruders gewesen war. Nein, dahinter steckte ganz sicher ihre Mutter. Sie hatte bei dem Klosteraufbau geholfen, damit Hildegard ihren guten Ruf mehren konnte und gleichzeitig damit auch den Ruf Richardis. Wusste doch jeder, dass sie aufs Engste mit der Magistra verbunden war. Was sollte sie nun machen? Gerade hatte sie Hildegard mitgeteilt, dass sie nach Bassum gehen würde. Aber war nicht hier auf dem Rupertsberg ihr Zuhause, ihre ganze Liebe?

Sicher, Äbtissin in Bassum zu werden, versprach Ehre und Ruhm. Sie hätte ein gutes Leben dort, könnte endlich selbst entscheiden und lenken. Doch dafür würde sie vieles opfern müssen. An erster Stelle ihre Magistra, dann Silvana, Volmar und alle anderen. Sie würde alles zurücklassen müssen, was ihr lieb und teuer war. Nur den Glauben an Gott konnte sie mitnehmen. Richardis Gesicht war vom vielen Weinen gerötet und sie sah die Schönheit der blühenden Kräuter und Blumen gar nicht. Auch wenn er noch nicht so prachtvoll war wie auf dem Disibodenberg, dieser Garten würde einmal wunderschön werden.

Sie war so in ihren Gedanken versunken, dass sie aufschreckte, als Silvana neben sie trat und sie ansprach.

»Richardis, ist es wahr, was Hildegard uns soeben erzählt hat? Du wirst uns verlassen? Sag, dass du hierbleiben wirst.«

Auch Silvana rollten die Tränen über die Wangen. Richardis fiel ihr in die Arme und schluchzte: »Ach, mir bleibt keine andere Wahl. Ich muss dem Ruf meiner Familie folgen.«

»Aber sind nicht auch wir deine Familie, Richardis?«

Unruhig ließ Richardis Silvana los und flüsterte: »Ja, das seid ihr. Aber ich möchte auch meine Mutter nicht unglücklich machen. Sie hat so viel für uns getan.«

Silvana schluckte und erwiderte voller Zorn: »Du wirst nur ihre Ehre und ihren Stolz unglücklich machen. Es geht doch nur um sie, du bist ihr doch egal, sonst würde sie nicht so etwas von dir einfordern. Und was ist mit der Magistra? Die ganzen Jahre hat deine Mutter sie unterstützt und nun nimmt sie ihr das Liebste, was sie hat!«

Richardis schaute bestürzt zu ihrer Freundin. Wie gut sie ihre Mutter einschätzte. Niemals hätte sie Silvana so einen Weitblick zugetraut. Längst schon war sie keine Novizin mehr, sondern vollwertiges Mitglied der Nonnengemeinschaft, und trotzdem war sie für Richardis immer noch ein Mädchen geblieben.

»Ich muss!« Richardis Worte waren nur ein gebrochenes Flüstern und der Wind wehte die zwei Worte davon. Silvana fröstelte, denn sie wusste, hier war nichts mehr auszurichten. Mit schwerem Herzen und ohne ein weiteres Wort ließ sie Richardis im Garten stehen. Silvana ging mit schnellen Schritten zu den einfachen Gebäuden ihrer Unterkünfte und lief geradewegs Clementina in die Arme.

»Zu dir wollte ich, Clementina. Gut, dass ich dich treffe.«

Silvanas Atmen ging stoßweise, noch immer war sie sehr aufgewühlt. »Was ist denn los? Geht es dir nicht gut?«, fragte Clementina.

Silvana stutzte.

»Weißt du es noch nicht? Richardis wird uns verlassen. Sie wird Äbtissin in Bassum. Es ist beschlossene Sache. Hildegard ist außer sich.«

»Nun beruhige dich mal und rede nicht in so abgehackten Sätzen. Ich verstehe ja kaum ein Wort.«

Silvana holte tief Luft: »Das hat bestimmt alles die Markgräfin eingefädelt. Sie möchte, dass ihre Tochter berühmt wird und nicht mehr im Schatten unserer Magistra steht.«

Nach dem ersten Schrecken legte Clementina ihren Arm um Silvana und sagte mit warmer Stimme: »Manche Dinge entscheiden wir nicht selbst im Leben und wir müssen uns fügen, auch wenn es uns nicht leichtfällt. Und nun holen wir etwas von dem stärkenden Herzwein, den ich vor Kurzem angesetzt habe. Er wird Hildegard kräftigen und sie den Verlust leichter verkraften lassen.«

Silvana schniefte auf und Clementina fuhr fort: »Mir scheint, auch du wirst einen guten Schluck davon gebrauchen können.«

Clementina füllte etwas von dem stark nach Petersilie, Essig und Honig riechenden Herzwein in einen kleinen Krug. Sie hatte beim Umzug vier kleine Fässer mitgenommen. Silvana stand mit hängenden Schultern daneben. Clementina bekam Mitleid mit ihr. Sie war zwar streng, aber mit einem gütigen Herzen gesegnet. Es tat ihr weh, dass Silvana den Weggang von Richardis so schwernahm. Wie musste es dann erst Hildegard gehen? Natürlich wusste auch Clementina, für wen Hildegards Herz schlug. Hildegard, Volmar, Richardis und sogar Silvana waren im Laufe der Zeit ein gutes Team geworden und nun, da »Scivias« fertiggestellt war, warteten schon andere Schreibprojekte auf die vier. Was würde nun werden? Doch Clementina war sich sicher, dass der Herr auch dafür Sorge tragen würde.

Hildegard war derweil in ihrer Schreibkammer und ging auf und ab. Volmar war wieder bei ihr und betrachtete sie voller Sorge. Hildegard sprach nicht und das macht dem Propst Angst. Er war froh, als es klopfte.

»Herein!« Hildegards Stimme war rau und zitterte leicht. Mit leerem Blick sah sie Clementina und Silvana an. Sie blickte auf den Herzwein in Clementinas Hand. Mit einem schrägen Blick fragte sie: »Meinst du, mit ein bisschen Petersilienwein lässt sich mein Herzschmerz vertreiben?«

»Nein!«, erwiderte Clementina mit fester Stimme. »Aber sagst du nicht immer, dass er das Herz kräftigt und stärkt? Warum sonst hast du mir die Herstellung beigebracht? Nun soll er dein Herz stärken, um diesen Verlust zu ertragen.«

Hildegard sah Clementina erstaunt an. Wussten denn alle, wie sehr sie Richardis liebte? Sie nahm sich vor, nie mehr einer Mitschwester vor allen anderen den Vorzug zu geben.

Aber konnte man sich das wirklich vornehmen? War es nicht etwa so, dass das eigene Herz entschied, wen man lieb hatte und wen nicht? Zum ersten Mal in ihrem Leben war sie richtig verzweifelt. Sicher, als sie ein junges Kind gewesen war und ihre ersten Visionen gehabt hatte, war es auch nicht immer leicht gewesen. Vor allem als Hildegard merkte, dass die anderen Menschen um sie herum diese Lichter nicht sehen konnten. Es tat weh, zu merken, dass man anders als die anderen war und immer sein würde. Doch über diese frühen Ängste und Sorgen war sie schon vor etlichen Jahren hinausgewachsen. Doch nun wurde ihre Seele wieder erschüttert. Hatte nicht Richardis einen großen Anteil an ihrem Leben und an ihrem Schaffen? Nein, sie würde um ihre Tochter kämpfen.

Sophia murmelte nachdenklich: »Meint ihr, Hildegard hat es geschafft, dass Richardis bei ihr im Kloster bleiben durfte?«

»Ich weiß es nicht, aber sie hat ja immer wieder viel bewirken können, denn sie kannte ja offensichtlich einflussreiche Leute«, antwortete Felix.

»Lasst uns noch einmal im Internet nachschauen«, schlug Sophia vor.

»Ach nein, lasst es uns lieber im Buch lesen. Sicher wird davon auch berichtet werden. Wir sind ja schon fast am Schluss.«

***

KAPITEL 9

EIN GROSSER VERLUST

Als Sophia erneut ansetzte, war es ganz still geworden, so als wolle auch die Natur den letzten Worten der Aufzeichnungen lauschen und erfahren, wie es damals auf dem Rupertsberg weitergegangen war.

Hildegard schrieb einen Brief an den Erzbischof von Bremen, den Bruder von Richardis. ›… Denn meine Seele ist sehr betrübt … Darum bitte ich dich, lasse meine geliebte Tochter bei mir …‹

Sie schrieb auch an Richardis Mutter und sogar an Papst Eugen III. Doch es war alles vergebens, Richardis verließ den Rupertsberg und wurde Äbtissin im Kloster in Bassum. Eine Wolke der Traurigkeit lag über dem Rupertsberg und Silvana hatte das Gefühl zu ersticken. Auch sie vermisste Richardis sehr. Ihre Mitschwester war ihr eine treue Freundin geworden und der Verlust wog schwer. Der Umzug hierher war teuer erkauft worden.

Eines Morgens war Silvana auf dem Weg in die Schreibstube, die ihr ohne Richardis verlassen und kühl vorkam. Der klei-

ne Kräutergarten, der gut gedieh, war von Raureif überzogen und glitzerte in der Morgenkälte. Zwei Raben flogen krächzend über die Baustelle. Silvana hob den Blick und sah den Vögeln hinterher. Ihr trauriger Ruf war noch eine Zeit lang zu hören. In der Schreibstube konnte sie sich heute Morgen nicht recht konzentrieren und Volmar wurde ungehalten. Was war mit Silvana los? Als sie nach einer kurzen Weile schon wieder die Schreibfeder hinlegte und gedankenverloren an die hohe Gewölbedecke schaute, sagte Volmar gereizt: »Wenn das heute so mit dir weitergeht, werde ich Pauline aus der Küche holen. Sicher wäre sie heute eine größere Hilfe als du!«

Silvana drehte sich erschrocken um und blickte den Propst ängstlich an. Volmar lächelte milde.

»Das war ein Scherz, Silvana. Aber was hast du heute denn? Wir alle vermissen Richardis sehr, doch das Leben geht weiter. Es muss weitergehen. Sie hat ihre Entscheidung getroffen, und wir müssen damit leben. Wir können nicht den Rest unseres Lebens Trübsal blasen.« Volmar trat zu Silvana und legte ihr einen Arm auf die Schulter. Sie freute sich über diese mitfühlende Geste, trotzdem fühlte Silvana sich nicht getröstet. Es blieb eine tiefe Verzweiflung in ihr. Seltsam, heute fühlte sie diese noch stärker als sonst. Sie fühlte sich Richardis so nah und doch war sie so weit weg. Heute wog der Verlust wieder schwer wie ein Mühlrad auf ihr.

Hildegard kam einige Zeit später dazu. Sie hatte mehrere Briefe dabei, die heute Morgen schon an der Pforte durch Boten abgegeben worden waren. Einer war vom Erzbischof Hartwig in Bremen. Hastig öffnete Hildegard den Brief und hielt ihn ans Fenster, damit sie ihn besser lesen konnte. Schnell überflog sie die schwungvoll geschriebenen Zeilen.

›… Voller Trauer melde ich dir, dass meine Schwester Richardis den Weg allen Fleisches gegangen ist … unter Tränen hat sie sich aus ganzem Herzen nach deinem Kloster zurückgesehnt. Wenn sie der Tod nicht daran gehindert hätte, wäre sie mit meiner Erlaubnis zu dir zurückgekehrt …‹

Hildegard stieß einen kleinen Schrei aus und wurde aschfahl. Den Brief ließ sie auf den Boden gleiten. Mit einem Satz, den Silvana Volmar gar nicht zugetraut hatte, war der Propst bei Hildegard. »Ehrwürdige Mutter, was ist geschehen?«

Silvana stand stocksteif vor Schreck und konnte sich nicht bewegen. Waren die Raben Vorboten gewesen?

»Richardis, meine Tochter, der Herr hat sie an sich gezogen, sie ist gestorben …«

Volmar zuckte erschrocken zurück, nahm sich dann aber zusammen und half Hildegard, sich auf den Stuhl zu setzen. Silvanas Herzschlag setzte einen Takt lang aus. Nun war alle Hoffnung vergebens, es würde im irdischen Leben kein Wiedersehen mit ihrer Schwester mehr geben. Der Schmerz brannte sich tief in ihr Herz ein und sie konnte sich in diesem Augenblick, der sich unendlich anfühlte, nicht vorstellen, jemals wieder lachen zu können.

Maya wischte sich mit dem Handrücken über die Augen und sagte: »Das ist echt ganz schön traurig!«

Sophia legte das Buch zur Seite. Bis auf den leise pfeifenden Wind war nichts weiter zu hören.

»Was für ein Schicksal«, murmelte Sophia. »Da wollte sie wieder zu Hildegard auf den Rupertsberg zurückkehren und dann kommt ihr der Tod dazwischen. Das ist doch gemein.«

Felix drehte ihr den Kopf zu und erwiderte. »Der Tod

ist immer gemein. Man kann ihm nicht trauen. Er nimmt, ohne zu fragen.«

Maya blickte Felix mit großen Augen an. So hatte sie ihn noch nie reden hören.

»Du hast recht«, sagte sie leise, »als mein Opa starb, wurde auch keiner gefragt, ob das okay wäre.« Eine Träne kullerte ihr über die Wange.

»Bestimmt war das abermals ein herber Schlag für Hildegard, Silvana, Volmar und wohl für das ganze Kloster«, meinte Sophia nach einer Weile und las langsam weiter.

Die folgende Zeit war Hildegard an ihr Bett gefesselt. Alle möglichen Gebrechen suchten sie heim. Doch Clementina kümmerte sich rührend um sie. Auch Volmar und Silvana taten ihr Bestes, obwohl sie selbst sehr betroffen waren von der Kunde über Richardis plötzlichen und viel zu frühen Tod. Die Arbeiten an den Büchern von Hildegard ruhten. Silvana und Volmar trafen sich regelmäßig in der Schreibstube, doch die restlichen Wachstafeln waren bald bearbeitet und sie mussten sich andere Arbeiten suchen. Sie halfen den Nonnen beim Kopieren von ›Scivias‹.

Regelmäßig kamen Bestellungen, selbst aus Rom wurden Abschriften angefordert. So konnte sich die Visionsschrift von Hildegard langsam, aber allmählich verbreiten. Auch wenn sie nicht an den berühmten Domschulen unterrichtet wurde, lasen doch viele Menschen die Worte Hildegards. Auch Friedrich Barbarossa, der deutsch-römische König, hatte sich ein Exemplar davon bestellt. Das bloße Abschreiben war nicht anspruchsvoll. Man musste nur aufpassen, dass man sich nicht verschrieb. Es war keine rechte Arbeit für Volmar und Silvana, die es gewohnt waren, ihren Kopf bei der Arbeit zu gebrauchen und sich viele Gedanken um den Text zu machen. Außerdem erinnerte es besonders Silvana an Richardis. Oft hatten sie wegen der Grammatik diskutiert und manchmal auch gestritten. Aber immer waren sie zu einer Einigung gekommen. Sie vermisste Richardis sehr. Wann würde dieser Schmerz in ihrem Innern aufhören?

Die Zeit verging und eines Morgens stand Hildegard wieder in der Schreibstube und verkündete mit fester Stimme: »Die Zeit der Trübsal und der Trauer hat nun ein Ende, wir werden mit unserer Arbeit an ›Physica‹ fortfahren!« Das war ihr neues Buch über Naturheilkunde und Medizin.

Und so war es. Über Richardis sprach sie nie wieder, aber Silvana wusste, dass Hildegard einen Brief an den Erzbischof Hartwig in Bremen geschrieben hatte. Briefe wurden per Boten übergeben oder sogar mündlich weitergetragen. Deshalb wussten viele im Kloster von dem Inhalt des Briefes. Sie prangerte in diesem Brief das Streben Richardis nach Ruhm an und nannte diesen auch als Grund für ihren frühen Tod. Hildegard war sich sicher, dass Richardis nicht nur wegen ihrer Familie nach Bassum gegangen war, sondern auch, weil sie gerne Äbtissin werden wollte.

Eines Frühlingsmorgens, als Silvana alleine mit Volmar in der Schreibstube tätig war, fragte sie ihn ganz offen nach seiner Meinung dazu: »Meint Ihr, Richardis ist gestorben, weil sie Äbtissin werden wollte und ihr der Platz hier zwischen uns nicht mehr ausgereicht hatte?«

Der Propst zog scharf die Luft zwischen den Zähnen ein. Das war wieder typisch für Silvana, ihr Wissensdurst und ihre Of-

fenheit, die manchmal schon als indiskret durchgehen konnten. Sie wurde Richardis in dieser Hinsicht immer ähnlicher.

»Nein, das glaube ich nicht.«

Silvana schaute ihn irritiert an. Hatte er etwa eine andere Meinung als Hildegard? Darauf war sie nicht vorbereitet gewesen. Doch Volmar war noch nicht fertig: »Ich denke, dass es ihr schon geschmeichelt hat, Äbtissin zu werden und zu sein, aber auch, dass sie Hildegard und das Leben hier auf dem Rupertsberg sehr vermisst hat. Ich denke, dass sie schnell festgestellt hat, dass ihr eigentlicher Platz, der ihr von Gott bestimmt wurde, hier war. Deshalb wollte sie ja auch zu uns zurückkehren. Doch Silvana, sage mir, hat nicht jeder Mensch seine schwachen Momente, in denen er sich falsch entscheidet und dies später schwer bereut? Deshalb wäre ich in dem Brief auch nicht so hart ins Gericht mit Richardis gegangen. Auch wenn der Brief an ihren Bruder, den Erzbischof, gerichtet war.«

Volmar seufzte auf. Wieso breitete er hier eigentlich seine Gedanken vor dieser jungen Nonne aus? Doch in der Tiefe seines Herzens wusste er, warum. Silvana war nicht eine Nonne von vielen hier im Kloster. Sie war anders. Ihre Gedanken waren von einer Kraft und Tiefgründigkeit, die ihn immer wieder erstaunten. Nie hätte er gedacht, dass so viele Tugenden in Silvana steckten. Ja, sie war Richardis sehr ähnlich, aber doch auch wieder ganz anders. Sie hatte nicht dieses Streben nach Ruhm, es steckte keine Eitelkeit in ihr. Sie hatte ihren eigenen Kopf und war offen und ehrlich und immer bestrebt, der Gemeinschaft zu dienen. Volmar glaubte nicht, dass sie vom rechten Weg abkommen würde. Er lächelte Silvana schon fast liebevoll an. Wie schön, dieses Mädchen als Tochter zu haben. Wenn auch nur dem Geiste nach.

Die Jahre flogen dahin, die Klosteranlage wurde fertiggestellt und es entstanden weitere Bücher in der Schreibstube des neuen Klosters. Hildegard war auch im hohen Alter noch aktiv, reiste sogar im Land umher und hielt Reden vor den Mächtigen der Zeit. Sogar der deutsch-römische König Friedrich Barbarossa, der in späteren Jahren römischer Kaiser geworden war, bekam einmal ihre scharfe Zunge zu spüren. Sie mahnte ihn zum Frieden und warnte ihn vor übereilten Entscheidungen. Ja, die Magistra nahm kein Blatt vor den Mund. Dies brachte ihr nicht nur Gönner ein, sondern auch einige Kritiker. Doch dies war ihr egal, wie Silvana immer wieder feststellte. Oft begleitete sie Hildegard auf diesen Reisen und so kam es, dass Silvana viel zu sehen bekam. Nicht nur die Kaiserresidenz in Ingelheim, die fast um die Ecke des Rupertsberges lag, sondern auch das Schwabenland, Lothringen und das Rheinland. Wie Richardis früher, empfand es nun Silvana als große Gnade, ihr Leben bei Hildegard von Bingen verbringen zu dürfen. Ihr Wissenshunger verließ sie jedoch nie und so verschlang Silvana jedes Buch, dessen sie habhaft werden konnte. Die Bibliothek auf dem Rupertsberg war mittlerweile größer als die auf dem Disibodenberg.

Es war ein großer Verlust für Silvana, als nach vielen Jahren erst Volmar und einige Zeit später, nämlich 1179, auch Hildegard starb. Silvana zog dann später in das Kloster Eibingen ein, das auf der anderen Seite des Rheines lag. Es war Jahre zuvor von Hildegard gegründet worden und war für die Aufnahme nicht adeliger Nonnen bestimmt. Dort gab Silvana ihr Wissen weiter und unterrichtete die Nonnen in Latein. Manchmal las sie auch aus den Büchern der heiligen Hildegard vor. Oft lag dann ein seliges Lächeln auf den Lippen von Silvana, denn beim Lesen in diesen besonderen Büchern stiegen Gedanken an früher in ihr auf. Lebhaft konnte sie Hildegard, Volmar und sogar Richardis in der Schreibstube bei der gemeinsamen Arbeit sehen. Was für eine Gnade ihr Leben doch war. Immer wieder stattete sie aber dem Kloster auf dem Rupertsberg einen Besuch ab, denn hier lagen die Gebeine der heiligen Hildegard im Kellergewölbe der Abteikirche. Hier fasste sie auch ihre Erlebnisse, die sie zuvor nur auf Resten des teuren Pergamentes niedergeschrieben hatte, zu einem Buch zusammen. Sie nahm sich vor, dieses Buch eines Tages auf dem Disibodenberg, dem Ursprung der ganzen Geschichte, zu verstecken. Sie wollte, dass das Wissen um die Magistra und spätere Äbtissin Hildegard nicht verloren ging. Silvana wollte ihren Anteil dazu beitragen, Hildegard unsterblich zu machen. Deshalb war sie auch sehr froh, als sie in hohem Alter erfuhr, dass ein Antrag beim Papst gestellt wurde, um Hildegard heiligsprechen zu lassen. Für Silvana war Hildegard sowieso schon eine Heilige, aber die ganze Welt sollte sie als heilige Hildegard von Bingen verehren.

***

KAPITEL 10

EINE ERSTAUNLICHE ENTDECKUNG

Heiliggesprochen wurde Hildegard erst nach fast 1000 Jahren«, meinte Felix leise.

Nachdem Sophia die letzten Zeilen gelesen hatte, lagen alle drei noch eine Weile schweigend nebeneinander. Schließlich seufzte Sophia: »Ich bin traurig.«

Felix nickte: »Ja, ich auch. Es war, als wäre ich in der Zeit zurückgesprungen. Zu Hildegard und Silvana.«

»Ich werde sie vermissen«, flüsterte Maya.

»Ja, ich glaube, das werden wir alle«, sagte Sophia. »Es war das Schönste, was ich seit Langem gelesen habe. Ich bin noch ganz voll davon.«

Maya meinte lächelnd: »Das klingt lustig, aber ich weiß genau, was du meinst. Wir sind Hildegard so nah gekommen, als wären wir wirklich zu ihrer Zeit hier auf dem Disibodenberg gewesen.«

»Irgendwie waren wir das ja auch. Denkt nur an die Glocken und vor allem an den Gesang. Was Maya da erlebt hat, ist unglaublich«, meinte Felix.

Sophia hielt das Buch hoch und fragte: »Und? Was machen wir nun damit?«

Maya zog die Stirn kraus: »Wir dürfen es nicht mitnehmen. Auch keinem zeigen.«

»Ja, das meine ich auch. Wir müssen alles für uns behalten, dürfen niemandem davon erzählen.«

Das war auch Felix' Meinung. »Es ist merkwürdig, aber ich denke, dass das Buch ein Geschenk ist. Und nicht jeder bekommt es geschenkt. Ich glaube, manche Menschen würden es auch gar nicht richtig verstehen, sie würden vielleicht denken, dass es nicht *echt* ist.«

Maya schnaubte: »Für mich ist das Buch absolut echt. Echter geht gar nicht!«

Felix lachte. Doch er dachte genauso. Das Buch war einfach zu ihnen gekommen. Besser gesagt, es war zu Sophia gekommen. Nur sie hatte an den Kraftort in der Frauenklause geglaubt. Plötzlich wusste er, was sie mit dem Buch machen mussten.

»Sophia, du musst es wieder zurücklegen, damit es der Nächste geschenkt bekommen kann. Nur so können die richtigen Menschen davon erfahren.«

Sophia überlegte kurz, dann nickte sie: »Ja, du hast recht. Aber ich glaube, es ist besser, wenn ihr auch dabei seid. Schließlich habt ihr mit mir zusammen das Buch gelesen und Maya hatte dieses unglaubliche Erlebnis in der Marienkapelle.«

Maya schauderte leicht, in Gedanken daran, wie die Nonnen auf sie zu gekommen waren. Das war richtig gruselig gewesen. Maya war sich sicher, dass sie einfach nur zur Tür hinaus auf den Kreuzgang gehen wollten, trotzdem hatte es unheimlich ausgesehen. So etwas wollte sie bestimmt nicht noch einmal erleben.

»Okay, gehen wir zusammen«, sagte Maya bestimmt und schüttelte die Erinnerungen an die Marienkapelle ab.

Sie krabbelten aus dem Zelteingang und streckten sich genüsslich nach der Enge im Zelt. Erstaunt stellten sie fest, dass die Sonne bereits aufging.

»Hey, schaut mal, es wird schon hell. Wir haben wirklich die ganze Nacht durchgelesen.«

Maya war sprachlos.

»Komisch, aber ich bin überhaupt nicht müde«, gähnte Felix hinter vorgehaltener Hand.

»Ach, nein? Und wieso gähnst du dann?« Sophia kicherte in sich hinein. »Lasst das, wir wollen doch zur Frauenklause gehen«, wies Maya ihre Freunde zurecht.

»Maya hat recht, kommt, verstecken wir unser Buch wieder.«

Sophia war traurig bei dem Gedanken daran, das Buch wieder in das dunkle Loch legen zu müssen. Viel lieber würde sie es mit nach Hause nehmen und ihrer Großmutter zeigen. Da kam ihr ein Gedanke.

»Meint ihr, wir sollten es später auch einmal abschreiben? Und in der Tradition fortfahren, eine Kopie davon woanders hinzubringen?«

Maya sah sie mit großen Augen an. »Mensch, Sophia, das ist eine wundervolle Idee! Und vielleicht können wir das Büchlein mit unserer eigenen Geschichte erweitern …«

Schweigend gingen sie nebeneinander her und stapften gemeinsam zur alten Frauenklause. Sie mussten diesen neuen Gedanken erst einmal verarbeiten. Obwohl sich die Ruine ja über Nacht nicht verändert hatte, war sie ihnen nun viel vertrauter geworden. Die ersten Sonnenstrahlen tauchten die alten Sandsteinmauern in goldenes Licht, sodass die Freunde keine Taschenlampen mehr brauchten.

»Wo war denn noch mal das Loch?«

Ratlos stand Sophia vor der alten Steinmauer der Frauenklause und suchte mit den Augen jeden Stein ab.

»Da vorne!« Maya hatte die Aussparung in der Mauer entdeckt. Zu dritt standen sie davor. Das Buch lag wieder sicher verwahrt in der Schatulle, eingewickelt in ein sauberes Taschentuch von Felix. Auch das kleine Stück des Schleiers hatten sie dazugelegt. Sophia legte die Schatulle vorsichtig in die Vertiefung hinein und schob den Stein wieder davor.

Felix trat einen Schritt zurück und bemerkte: »Man kann es nicht sehen, es ist praktisch unsichtbar. Ein Wunder, dass du es gefunden hast.«

»Ja, ein Wunder. Wir *sollten* es wohl lesen.«

Eine Weile standen sie gedankenverloren vor der Mauer. Sophia fragte sich mal wieder, wieso ausgerechnet sie dieses Buch gefunden hatte.

»Und? Was meint ihr nun zu meiner Idee …«, fragte sie leise.

Felix starrte noch ein wenig auf die Mauer, dann sagte er: »Es wurde ja mindestens einmal in einem Jahrhundert abgeschrieben, wenn ich die Daten vorne im Buch richtig deute. Vielleicht sollten wir es finden, damit wir es in diesem Jahrhundert und auch Jahrtausend abschreiben und weitertragen …«

»Ein schöner Gedanke«, meinte Maya.

»Aber jetzt habe ich erst einmal Hunger«, unterbrach Felix die feierliche Stimmung, »das Buch ist hier ja sicher. Lasst uns packen und nach Hause gehen, dann können wir in Ruhe überlegen, ob, wann und wie wir das machen.«

Die beiden Mädchen nickten zustimmend. Das war ihnen ganz recht, denn auch ihnen knurrten die Mägen.

Auf dem Weg zum Zelt kramte Maya das alte, vergilbte Taschentuch, in welches das Buch zuvor eingewickelt gewesen war, aus ihrer Hosentasche hervor. Sie hielt es in die Luft.

»Was machen wir jetzt damit?« Die Sonnenstrahlen leuchteten das alte Taschentuch an und Sophia glaubte, ihren Augen nicht zu trauen.

»Das kann doch nicht sein«, rief sie verblüfft, »Maya halt es mal genau in die Sonne.«

»Was ist denn?«, fragte Felix neugierig.

»Seht mal, hier. Ein M und ein K.«

»Ja und?«, wollte Maya wissen.

Sophia schluckte und antwortete zögernd: »M für Marianna und K für Klingenberg …

»Das glaube ich jetzt nicht!«, sagte Maya.

»Was denn?«, wollte Felix wissen, der überhaupt nichts verstand.

»Das sind die Initialen meiner Oma.«

Felix war fassungslos.

Sophia nickte. »Meine Oma hat mir schon von der Klosterruine und Hildegard erzählt, als ich noch ein kleines Kind war. Sie wusste so vieles von Hildegard von Bingen. Jetzt ist mir klar, woher sie das alles kannte.«

Maya schubste Sophia leicht an und meinte: »Ich glaube, wir sollten mal mit deiner Oma reden. Ich bin gespannt, was sie uns noch zu erzählen hat.«

Felix konnte es einfach nicht glauben. Sophias Oma hat er immer für nett, aber leicht versponnen gehalten. Und nun war sie hier in der Klosterruine gewesen und hatte das Buch vor ihnen gefunden und gelesen. Unglaublich.

»Sie wollte, dass du es findest!« Da war sich Felix plötzlich ganz sicher. Ja, so musste es sein. Sophias Großmutter war schon alt. Sie wollte sichergehen, dass das Wissen nicht verloren ging. Vielleicht wollte sie auch, dass es innerhalb der Familie weitergegeben wurde. Außerordentlich.

»Ja, das glaube ich auch«, antwortete Sophia leise. »Jetzt verstehe ich auch, warum sie wollte, dass wir hier oben zelten! Es ist irgendwie so unwirklich. Gestern Abend war die Welt noch so wie immer. Okay, ich habe das Kribbeln unter den Füßen gespürt, aber wenn mir einer erzählt hätte, was wir in dieser Nacht erleben würden, hätte ich es nicht geglaubt.«

»Oh, Sophia, das hätte keiner von uns.« Maya grinste.

»Es ist wie ein Geschenk, das man nicht erwartet hat, das aber umso schöner ausgefallen ist.«

Felix lachte laut auf. Manchmal drückte sich Sophia echt geschwollen aus.

»Ich habe immer noch Hunger. Lasst uns packen.«

Langsam schlurften sie zu ihrem Zelt zurück. Das war die längste und aufregendste Nacht ihres Lebens gewesen. Sie hatten sich Silvana sehr nah gefühlt und durch sie auch Hildegard von Bingen, Volmar und Richardis hautnah erleben dürfen. Schweigend packten sie ihre Sachen zusammen.

»Es fühlt sich an, als wenn ich einige Tage hier gezeltet hätte und nicht nur eine Nacht«, stellte Felix nach einer Weile fest.

Maya sah ihn an und meinte: »Ich weiß genau, was du meinst.« Auch Sophia nickte. Sie hatten durch das Lesen des Buches und auch durch die Erlebnisse in der Klosterruine jedes Zeitgefühl verloren. Es schien Tage her zu sein, dass sie das Zelt aufgebaut hatten. Nun hatten sie alles wieder verstaut und geschultert und machten sich auf den Heimweg.

Maya blieb einige Meter zurück und ihre Freunde blieben stehen und schauten sich nach ihr um.

»Was ist?«, fragte Felix.

Maya antwortete aufgeregt: »Wir müssen unbedingt auf den Rupertsberg. Vielleicht finden wir dort auch etwas Interessantes.«

»Das glaube ich nicht«, überlegte Sophia. Wir haben so viel über Hildegard erfahren, ich kann mir nicht vorstellen, dass wir durch ein anderes Buch noch mehr erfahren würden.«

»Das mag ja stimmen«, gab ihr Maya recht, »aber wir können doch trotzdem mal hinfahren. Mich interessiert einfach das Museum, aber auch der Berg mit dem Kellergewölbe. Schließlich hat Hildegard von Bingen von dort ihren Namen bekommen. Viele Jahre hat sie dort gelebt. Sie, Volmar, Richardis, Silvana, Clementina und wie die anderen alle hießen.«

Felix schüttelte den Kopf und sagte: »Du kannst auch nicht genug von den Abenteuern bekommen, oder?« Doch dann sagte er bestimmt: »Klar fahren wir dorthin. Auch wenn es nicht mehr so viel zu sehen gibt und ich sicher bin, dass dieses Abenteuer von letzter Nacht nicht zu toppen ist, möchte ich doch alles sehen, was es dort noch gibt. Und wisst ihr was?«

Fragend sahen ihn die beiden Mädchen an.

»Auch wenn ich meine, dass *wir* dort nichts Besseres finden werden, können wir dafür sorgen, dass irgendwann jemand anderes etwas Außergewöhnliches dort findet und auch eine besondere Nacht erlebt.«

Er grinste breit.

Sophia wusste sofort, was er meinte, und auch Maya hatte begriffen: Wenn die Zeit für sie gekommen war, dann würden sie das Büchlein abschreiben und dann diese Kopie auf den Rupertsberg bringen, auf dass das Wissen um Hildegard von Bingen immer weitergetragen wurde.

Sophia hakte sich bei ihren beiden Freunden unter und zusammen gingen sie bis zur alten Eiche den Weg hinunter. Hier schauten sie noch einmal zurück zur Ruine. Unglaublich, was sie alles in dieser kurzen Zeit erlebt hatten. Den steilen Pfad zurück ins Dorf gingen sie dann wieder hintereinander. Sophia freute sich schon sehr auf das Gespräch mit ihrer Großmutter. Sie war sich sicher, dass sie viel Spannendes zu erzählen haben würde. Und vielleicht würde sie Sophia und ihre Freunde auch auf den Rupertsberg begleiten. Oder war sie dort schon längst gewesen? Sophia musste grinsen. Man sollte seine Oma einfach nicht unterschätzen!

***

ANHANG 1:

KURZBIOGRAFIE: HILDEGARD VON BINGEN 1098–1179

1098	Hildegard wird als zehntes Kind einer Adelsfamilie in Bermersheim bei Alzey geboren
1106	Mit acht Jahren wird Hildegard zu Jutta von Sponheim gegeben. Dort erhält sie eine religiöse Erziehung und Ausbildung
1108	Grundsteinlegung zur Errichtung eines Benediktinerklosters auf dem Disibodenberg, die Familien von Sponheim und Bermersheim stiften den Bau einer Frauenklause auf dem Disibodenberg
1112	Mit vierzehn Jahren zieht Hildegard zusammen mit Jutta und einem weiteren Mädchen in die Frauenklause ein
1115	Legt Hildegard das ewige Gelübde ab und empfängt den geweihten Schleier
1136	Jutta von Sponheim stirbt mit 44 Jahren auf dem Disibodenberg an den Folgen einer Krankheit
1141	Hildegard erhält in einer bildgewaltigen Vision von Gott den Auftrag, alles niederzuschreiben,

was sie sieht und hört, Beginn der Arbeit am ersten Visionsbuch »Scivias«

1147 Papst Eugen III. erkennt die Sehergabe von Hildegard an und liest öffentlich Texte aus »Scivias« vor

1148 Auf eine göttliche Vision hin plant Hildegard den Neubau eines Frauenklosters auf dem Rupertsberg bei Bingen

1150 Hildegard zieht mit ungefähr zwanzig Nonnen in das neue Kloster auf dem Rupertsberg ein

1151 Fertigstellung des Buches »Scivias«; Richardis, Hildegards engste Vertraute, wird als Äbtissin nach Bassum abberufen. In mehreren Briefen versucht Hildegard vergeblich, dagegen anzugehen

1152 Richardis stirbt nach einer schweren Krankheit in Bassum

1159 Bis 1171 unternimmt Hildegard insgesamt vier Predigtreisen:
1. nach Mainz, Würzburg, Bamberg
2. nach Trier, Metz, Straßburg
3. nach Andernach, Siegburg, Köln
4. nach Maulbronn, Hirsau

1165 Hildegard erwirbt das Kloster Eibingen und baut es aus, hier werden auch nicht adelige Nonnen aufgenommen

1173 Volmar stirbt, er war zweiunddreißig Jahre lang Hildegards engster Vertrauter und Sekretär

1179 Hildegard von Bingen stirbt im Kreise ihrer Nonnen auf dem Rupertsberg

1228 Beantragung der Heiligsprechung von Hildegard, diese scheitert jedoch

2012 Heiligsprechung durch Papst Benedikt XVI. und Ernennung zur Kirchenlehrerin

Die Gebeine der heiligen Hildegard von Bingen liegen in der Pfarrkirche von Eibingen, der ehemaligen Klosterkirche des Klosters Eibingen, in einem Reliquienschrein.

ANHANG 2:

NERVENKEKSE: REZEPT NACH HILDEGARD VON BINGEN

Zutaten

150 g Butter (sehr weich)
250 g Vollrohrzucker
3 Eier
1 Prise Salz
30 g der hergestellten Gewürzmischung
Schale einer Zitrone (gerieben)
200 g Dinkelvollkornmehl
200 g Dinkelweißmehl
200 g Mandeln (gerieben)
1 TL Backpulver

Alle Zutaten miteinander vermengen und gut durchkneten. Den Teig über Nacht im Kühlschrank ruhen lassen. Den Teig 5 mm dünn ausrollen und Formen ausstechen. Die Kekse auf ein mit Backpapier ausgelegtes Backblech legen und ungefähr 12 Minuten bei 190 °C backen.
Die Kekse gut auskühlen lassen und in eine Dose schichten.

Die Nervenkekse waren von Hildegard von Bingen als Heilmittel und nicht als Naschwerk gedacht. Sie sollen bei Konzentrationsschwäche und nervlicher Belastung helfen. Außerdem sollen sie die Durchblutung fördern und für eine gute Verdauung sorgen. Kinder sollen nur 3 Kekse, Erwachsene nur 5 Kekse pro Tag essen.

Herstellung der Gewürzmischung:
45 g Muskatpulver, 45 g Zimt, 10 g Nelkenpulver vermischen